KB149174

본성과의 대화 3

본성과의대화 3

1판 1쇄 | 1999년 5월 28일
2판 1쇄 | 2010년 7월 28일
2판 3쇄 | 2022년 12월 23일

문화영 지음

펴낸곳 | 도서출판 수선재
펴낸이 | 장미리

출판등록 | 2022년 5월 30일 (제2022-000007호)
주소 | 전남 나주시 한빛로61 111-1004
전화 | 0507-1472-0328
팩스 | 02-6918-6789
홈페이지 | www.ssjpress.com
이메일 | ssjpress@naver.com

ISBN 978-89-89150-66-4 04810 3권
ISBN 978-89-89150-63-3 04810 (전4권)

잘못된 책은 바꾸어 드립니다.

본성과의 대화

3

문화영 지음

수선재

차례

본성과의 만남 전후

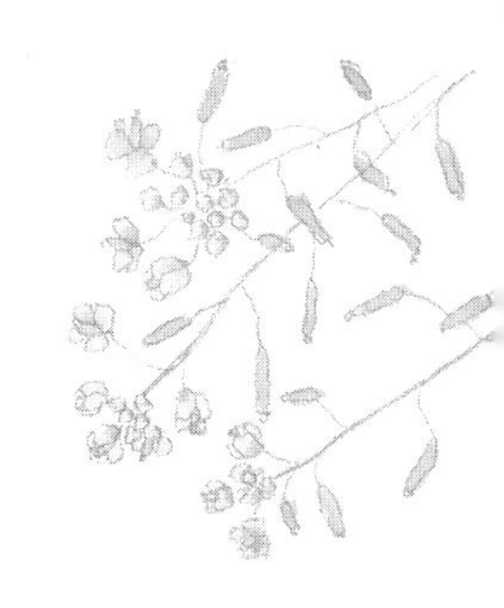

스스로 돕는다 함은 어느 일에나

최선을 다한다는 뜻이며 이 최선이 결국

세상을 밝히는 등불이 되는 것이다.

 1

나를 챙긴 뒤 남을 도와야

사람은 항상 자신이 가야할 길이 있다. 자신이 가야할 길을 감으로써 수련도 생활도 가능한 것이다. 모든 면에서 자신의 길을 간다는 것은 상당히 중요하다. 닥치는 어떤 것도 모두 내 것이므로 겪어 넘기는 것마다 자신의 것이 된다.

보통 살아가면서 내 것이 아닌 것을 많이 겪음으로 인하여, 내 것도 아니고 남의 것도 아닌 것을 많이 만들어 누구에게도 도움이 되지 않는 것을 하는 경우가 있으나, 자신의 것만 처리하며 타인의 것은 확실히 알아 방관하는 것은 자타에게 모두 도움이 되는 것이다.

자신의 길을 가는 것은 결코 혼자만 살자는 것이 아니라 내 것을 챙기는 데 익숙해지고 난 뒤에야 남의 것도 챙길 수 있다는 것이다. 내 것도 챙기지 못하는 사람의 경우 타인을 챙긴다는 것은 남을 도와주는 것이 아닌 까닭이다. 네 코가 석자니라.

알겠습니다.

2

매사가 수련

수련은 정성이다. 아주 작은 것 하나라도 정성으로 대하지 않으면 소용이 없게 되는 것이다. 시간보다, 어떤 과정을 겪었느냐보다 더욱 중요한 것은 정성인 것이다. 큰 정성은 큰 난관을 넘어갈 수 있다. 이 정성은 나에 대한 정성이다. 나의 모든 것을 아끼고 수련을 위해 모두 투자할 수 있는 정성이다. 수련으로 인해 가장 이익을 보는 자는 자신이며 수련으로 깨달음을 얻는 자도 자신이다.

이 수련으로 인해 우리는 우주와 일체가 가능하며 수련으로 인해 자타가 하나가 될 수 있다. 수련은 만고불변의 진리이나 다만 찾아볼 수 있는 눈이 드물어 이에 가까이 하지 못하여 왔을 뿐이다. 수련에 대한 정성은 하루를 통하여 모두 이어질수록 좋다. 이미 어떤 일이든 수련임을 잊지 말아라. 어떤 작은 일도 수련인 것이다.

알겠습니다.

모두 수련이니라.

3

남에게 편하게 대하라

언제나 모든 것은 내가 마음먹기에 달렸다. 내가 마음먹기에 따라 내 것도 되는 것이요, 내 것이 되지 않을 수도 있는 것이다. 나는 모든 것으로부터 영향을 받기도 하나 모든 것에게 영향을 주기도 하는 객체이자 주체이기도 한 것이니, 내가 주변에서 영향을 받지 않음으로 인하여 주변에서도 나로 인하여 영향을 받지 않게 되는 것이다.

서로에게의 불필요한 간섭이나 기대는 모두 나에게 원인이 있다. 내가 편하게 대해주면 편하고 내가 불편하게 대해주면 불편한 것이다. 수련은 어떤 조건하에서도 내가 평온한 심리 상태를 유지하므로 그 반응으로 주변이 모두 편해지는 것이다.

편해진다는 것은 문제를 덮어놓고 지낸다는 것이 아니고 문제를 근본적으로 없애는 것이며, 근본적으로 없애는 방법은 내 마음에 달린 것이고, 그것의 실천도 나에게 달린 것이니, 어떠한 일에도 영향을 받지 않으므로 가능한 것이니라. 내 일만 생각토록 하여라.

4

'94년을 보내며

모든 것은 나의 소관이다. 내 소관을 떠나서는 있을 수도 없고 있어서도 안 된다. 오직 나에 의해서만이 가능하며 나에 의해서만이 이루어질 수 있는 것이다. 한 해의 넘김은 중요한 의미가 있다.

수련 과정에서의 마디는 중간중간에 오는 것이나 한 해는 시간적인 마디로서 인간에게 그때그때 필요한 것을 전달해 줌으로써 단락을 짓는 단계를 끊어 주기도 한다.

사람의 일생이 불과 몇 토막 안 되는 기간들로 이루어져 있음을 볼 때, 그리고 그 몇 안 되는 토막들의 상당한 부분이 지나갔음을 볼 때, 이제 남은 날들은 정말로 열심히 수련해야 하는 날들만 남아있다.

수련으로 모든 것을 해결하고, 수련으로 모든 것을 이룩하며, 모든 것이 수련 속에서 나타나고 사라지는 날들이 남아있는 것이다. 수련은 업장 소멸이다. 겪어야 할 많은 일들이 있을 것이다. 그 많은 일들로 업장을 덜어 넘어갈 것이다.

알겠습니다.

한 해 동안 고생 많았다. 좋은 일과 고된 일이 함께 있는 한 해였느니라. 어떤 일이든 기쁨으로 받도록 하라.

알겠습니다.

고생했다.

5

'95년을 맞이하며

새해를 축하한다. 새해는 대망의 한 해가 될 것이다. 크게 바라고, 크게 이루며, 크게 거두는 모처럼 시원한 한 해가 될 것이다. 무엇이든 중요한 것의 실마리는 아주 작은 일에 있으니 그 일을 만들고 키워가는 것은 바로 자신이다.

자신에 의해 씨앗이 뿌려지고, 자신에 의해 키워지며, 자신에 의해 거두어지는 것이다. 자신은 씨앗이자, 밭이며, 거두는 손길이요, 비바람이기도 한 것이다.

자신의 품 안에 도의 싹을 틔웠으니, 도는 싹을 틔우기가 힘들지, 싹만 트면 자라는 것은 상당히 쉬운 것이다. 도의 토양 조성과 발아의 과정은 백발백중 실수가 쉽지 정상적인 진행이 어려운 법인바, 작년에 큰일을 해내었으니 금년에는 작년보다는 쉬운 한 해가 될 것이다.

커나가는 과정에 작은 결실도 있으며 중간에 쉴 수 있는 여유도 있을 것이다. 대망의 한 해를 맞아 보다 보람 있게 보낼 수 있도록 하라.

알겠습니다.

작은 일에서야 속이 상하지 않을까마는 큰일은 모두 잘될 것이다.

감사합니다.

6

몸은 마음의 받침돌

건강이란 인생에서 가장 중요한 것이다. 가장 중요할 뿐 아니라 전부이기도 하다. 이 전부란 물적物的 전부를 뜻하는 것이기도 하다. 수련은 이 몸이라는 물物과 마음이라는 심心이 일체가 되어 이상 없이 나갔을 경우 완성이 될 수 있는 것이다.

몸은 몸대로 마음은 마음대로 각각의 조절 상자(control box)가 있고, 그 조절 상자는 하나의 통제를 받고 있으므로, 하나인 것 같아도 둘이며, 둘인 것 같아도 하나인 것이다. 따라서 몸에 대한 관리만 해도 안 되는 것이요, 마음공부만 해서 되는 것도 아니다.

크게 마음공부의 안에 존재하며 그 하부 구조를 이루고 있는 몸(물)은 수련을 지지해주는 받침돌의 역할을 해주는 것이니, 평소 몸에 대한 중요성을 알아 관리에 소홀함이 없도록 하는 것이 상당히 필요한 것이다.

몸은 수련 토대의 전부이다. 따라서 몸에 대한 연구는 수련의 가장 중요한 부분 중의 하나이나, 인간의 힘으로 우주인 몸의 구성을 다 밝힌다는 것은 현재는 불가하다. 몸에 대한 연구는 마음공부 방법 중의 하나이니라.

알겠습니다.

건강이다. 건강이니라.

7

몸과마음

항상 몸과 마음은 하나이다. 몸과 마음이 둘로 나뉠 때 우리는 분리를 경험하게 된다. 분리란 하나가 되어야 할 것이 둘이 되는 것이며, 원래 둘인 것이 둘로 되는 것은 분리가 아니다.

분리는 원래 인간에게만 있는 것으로서 이 분리가 없이 일치를 이룰 때 우리는 본래의 자리로 돌아가게 된다.

본래의 자리란 모두 하나가 되는 자리로서 몸과 마음은 하나, 나와 너도 하나, 우리와 우주도 하나가 되는 것이기도 하다. 하나란 흔으로 하늘이니 모두 하나가 되어 큰 울타리에 드는 것, 이것이 바로 수련의 요체이기도 한 것이니라.

너와 나의 마음이 같고, 나와 네 주변 사람의 마음이 같으며 모두가 일체가 되는 것, 이것으로 우리는 우주화를 이룩해야 한다.

수련으로 가는 길은 멀다. 멀지만 또한 가깝기도 하다. 생각은 언제나 가까이 있는 것이니 돌고 돌아가므로 멀게 느껴지는 것이다. 가까이 생각토록 해라.

알겠습니다.

도란 내 손 안에 있느니라.

8

인간은 자체가 가능성

육신은 생명의 근본이다. 육신이 없으면 명이며 육신이 있어야 생명인 것이다. 하늘은 생명 창조 시 항상 필요한 이유가 있었으며 그 이유는 변화의 가능성이다.

변화의 가능성은 향상이든 퇴보이든 현재의 위치에서 타 위치로의 변화이며, 이 변화의 물결을 이용하여 우리는 상당한 발전이 가능하다.

인간의 생명은 타 동물의 생명과 달라 그 자체가 하나의 신명神命의 중간 단계이다.

신명이 육신을 가지고 표현되는 모습이 생명으로 나타나며, 이 육신은 유혹의 길에 접어드는 경우도 있으나 탈피의 기회도 제공해주므로, 그 탈피의 기회가 인간에게는 해탈의 기회가 되는 것이다.

해탈은 인간만이 가질 수 있는 하나의 혜택이다. 이 혜택은 혜택을 입을 수 있는 사람에게 돌아가는 것이며, 입을 수 있는 사람도 기존의 노력과 인연에 의해 결정되는 것이다.

인간의 혜택을 잘 활용토록 하라.

알겠습니다.

인간이라 함은 그 자체가 가능성이니라.

9

나를 극복하지 못하면

수련이란 자기 극복이다. 모든 것은 나의 그림자이며, 내 뜻의 나타남이다. 내가 없으면 없을 모든 것들이 내 앞에 나타나는 것이며, 이 모든 것들은 극복해야 할 대상이기도 하다.

나를 극복하면 모두 극복이 되는 것이며, 나를 극복지 못하면 모두 그대로 있는 것이기도 하다. 나를 극복지 못하였을 경우 이들은 나를 위해하고 쓰러뜨려 결국은 나를 짓눌러 일어나지 못하게 하기도 하며, 내가 나를 이겼을 때 결국은 내 앞에 꿇어앉아 숙이고 들어오기도 한다.

도의 과정에 나타나는 모든 문제의 원인과 결과가 내 안에 있듯, 도 이후의 모든 것들도 역시 내 안에 있다. 나는 일부이나 전부이기도 하고, 전부이나 또한 일부이기도 하다.

나의 모든 부분은 우주의 모든 부분이기도 하고 나의 일부는 우주의 일부이기도 하다. 일부는 전부가 될 수 없으나 전부는 일부를 통제 가능하며 일부는 전부에 동화가 가능하기도 하다.

수련은 나를 극복하여 동화되어 가는 과정이니라. 나는 우주의 문을 통과하기 위한 관문이니라.

알겠습니다.

10

작은 일은 깨달음의 시원

항상 닥쳐오는 작은 일들에 감사하라. 작은 일들은 언제나 모든 일에 대한 실마리이며 좋게 풀어 넘길 수 있는 해결 방법이며 모든 일에 대한 깨달음의 원천이다.

작은 일에서 깨달음의 조각을 발견하면 생활화가 쉬울 뿐 아니라 큰일은 저절로 보이므로 매사에 실책을 범하는 일이 적다. 어떤 일이든 하나하나의 작은 일에서 깨달음의 시원이 나오는 것이며 그 깨달음의 시원이야말로 대황하(깨달음의 강)의 발원이기도 한 것이니라.

모든 사람들이 아주 작은 일일수록 중요하다는 점을 놓친다면 결국은 큰일에 가까이 가지 못하며, 큰일에 가서도 큰일 자체를 보지 못하므로 아무것도 하지 못하고 마는 것이다.

작은 것을 잘하면 큰일이 보인다. 이 때의 큰일은 결코 어렵지도 않고 해결하지 못할 것도 없는 문제들인 것이다. 인간 세계의 일의 해결 방법은 모두 작은 일에 있음을 명심하고 매사에 하나하나를 잘 챙겨보는 버릇을 들여야 한다.

지금까지(본성과의 만남 전후) 과정은 입문 단계이므로 다소 거친 방법이 사용되어 왔으나, 이제부터는 최대한 작은 것 위주의 부드러운 방법이 사용될 것이니라.

알겠습니다.

11

편할수록 길이 있다

인간은 인간이므로 모든 것이 가능하다. 그 가능성은 인간이 하고자 하는 모든 것이며 그 모든 것에는 지금까지 불가능이라고 이야기 해오던 것들도 상당히 포함된다.

무조건적인 가능성이 아니라 가능하다는 전제하의 가능성인 것이다. 인간은 인간임으로 인하여 타 생물에 우선하는 현실적인 부분도 있는바, 이 현실적인 부분에서의 가능성은 수련에서의 가능성에 우선하는 것이며, 이 현실적인 것이 해결되고 나서 수련에서의 가능성에 매달리게 된다.

현실이 극도의 불만에 쌓여 있거나 극도의 만족에 처해 있으면 수련이 불가하나, 중간 정도에 있을 때 수련이 가장 양호한 것은, 수련으로 걷고자 하는 길이 극도의 만족이나 불편이 아닌 바로 중도이기 때문이다.

어디에도 흔들리지 않고 어디에도 좌우되지 않는 중간, 이것이 바로 모든 대상을 정확히 인식함으로써 모든 것을 이룩할 수 있는 가능성의 비결인 것이다. 가능하다. 마음을 편히 할수록 가능성은 커진다. 마음을 편히 갖고 임해라.

알겠습니다.

편할수록 길이 있다.

12

건강은 수련의 기초 단계

몸의 건강은 마음에서 오고 마음의 건강은 수련에서 온다. 사람이 건강하고 아니고의 중요성은 중도를 걷느냐 아니냐에 있다.

불필요한 부분에 대한 염려가 없어야 참수련에 정진할 수 있으며 참수련에 정진하기 위한 주변 정리로서 가장 중요한 것 중의 하나가 건강이다. 대개 몸과 마음의 건강이 하나가 아닌 것으로 보나, 수련 과정에서 반드시 건너야 하는 문제 중의 하나가 건강이다.

건강은 그 자체가 수련의 기초 단계이다. 수련 도중에라도 과한 부분이 나타남으로 인하여 항시 걱정을 하게 될 것이나, 수련으로 모두 깨고 나갈 수 있는 것이며 모두 가능한 것이다.

수련은 건강과 병합되지 않고 가기에는 너무 힘겨운 것이며, 건강에 이상이 없고 나서도 쉽지만은 않은 것이다. 항상 조그만 징후로써 이상 유무를 체크하도록 해야 할 것이다. 건강 위주로 나아가도록 하여라. 마음은 건강보다 앞서 있느니라.

알겠습니다.

통명무상通命無常은 만병치통萬病治通이니라. ••

•• 명에 통하여 무상하면 만병을 치료하는 방법에 통한다.

13

통찰력은 만사 해결의 근본

모든 것을 항상 느긋하게 바라볼 수 있도록 해라. 급하다고 발을 동동 구를수록 멀어지는 것이며, 항상 준비하고 여유 있게 바라보면 손 안에 들어와 있는 것이다.

모든 것은 여유 있게 바라볼 때 내 것이 되는 것이며, 서두른다고 내 것이 되는 것은 아니다. 서두름은 모든 것을 망치는 근본이 되는 것이며, 서둘러서 될 것은 따로 있는 까닭이다.

때는 평소 준비하는 사람이 언제나 낚아챌 수 있도록 오는 것이지, 느긋하게 있다가 급히 서두른다고 오는 것은 아닌 것이다.

매사를 보는 주안점은 사태를 정확히 파악하여 가능성을 발견하는 데 두어야 한다. 무조건적인 가능성도, 부정확한 사태의 파악도 모두 현실에서는 별 도움이 되지 못한다. '지피지기(知彼知己, 적을 알고 나를 알다)면 백전백승百戰百勝'은 수련에서뿐 아니라 실생활에서 더욱 필요한 것이니라.

호흡이다. 매일 호흡으로 단련하여 매사에 대한 통찰력을 갖도록 해라.

알겠습니다.

통찰력은 만사 해결의 근본이니라.

• • • • •

천하를 얻어도 나를 잃으면 소용이 없는 것이요,
나를 얻으면 천하를 잃어도 기쁨만 있는 것이니라.
매일 아침 한 시간씩의 수련은 천하를 평정할 것이다.
자신의 내부에서 지혜의 샘을 끌어내오는 일도
자신의 모든 것을 밝혀 빛나게 하는 것도 모두
호흡으로써 가한 일이다.

14

세가지 유형

사람이 살아가는 방법에는 여러 가지가 있다. 자신의 일을 하면서 살아가는 경우와 남의 일을 하면서 살아가는 경우와 이것도 저것도 아닌 일을 하면서 살아가는 경우이다.

언제나 자신의 일을 하는 것이 가장 바람직스러우며 그 다음이 남의 일을 하는 것이고 그 다음이 아무것도 아닌 것인바, 이 셋보다 더욱 바람직스러운 것은 자신의 일을 다 하고 남의 일을 자신의 일로 알고 할 수 있어야 한다는 것이다.

언제나 일은 쌓여 있고 해야 하는 것이나, 전적으로 자신을 위한 일이 수련이며, 그 외의 일은 모두 자타를 위함이 구분될 것이다. 자신을 위한 일도 끝나지 않은 상태에서 타인을 위한 일이 있을 때는 가급적 신속히 마무리 지음으로써 빨리 자신의 자리로 돌아올 수 있어야 한다.

세상에서는 내가 서야 남의 손을 잡아줄 수 있는 것이다. 내가 서지 못하고 남을 돕는 것은 남을 돕는 것이 되지 않는 까닭이다.

알겠습니다.

명심해라.

그리하도록 하겠습니다.

15

자신의 일이 중요

정말로 자신의 일을 하는 사람은 틈을 보일 시간이 없다. 자신의 일만으로도 시간이 항상 넉넉하게 남지 않는 까닭이다.

본인에게만 해당되는 일을 하는 것이 순서이며, 나 자신의 일도 챙기지 못한 상태하에서는 타인의 일을 챙겨본다는 것은 무리 중에서도 무리이며 결국 보람도 없게 되고 마는 탓이다. 도반과의 사이에서 작은 정성으로 도움을 주는 것은 가하나, 나의 모든 것을 제쳐 놓고 타인의 일에 뛰어듦은 옳지 못하다.

인간의 시간은 그 사람이 일생을 사용할 만큼 주어진다. 갑자기 거두어지는 듯 보이는 죽음도, 변수가 있는 경우가 있기는 있으나 모두 정해진 이치이며, 이미 사용 가능한 부분이 끝나서인 것이다. 자신의 일에 충실함은 독립의 기본이다.

자기의 홀로 섬이 없이 가는 시간은 결국 시간의 낭비이므로 누구에게도 바람직스럽지 못한 것이며, 사용 가능한 시간을 낭비하는 결과로 돌아올 것이니라.

알겠습니다.

이제부터 중요하다. 정말로 자신을 위해 열심히 살아야 한다.

16

자신의 길

언제나 사람에게는 가야 할 길이 있다. 아무리 좋아도 자신의 길이 아니면 안 가야 하는 것이며, 아무리 나빠도 자신의 길이면 가야 하는 것이다. 남의 길이 좋아 보이고 나의 길이 험해 보여도 그것은 모두 공평한 것이며 또한 가야 할 길인 것이다.

사람의 길은 누가 좋고 누가 나쁜 것이 아니라 깨치면 그 순간 모두 평탄하게 되는 것이며, 그 평탄함 속에 더 큰 깨달음이 나타나게 되어 있는 것이다.

인간은 모두 자신에게 유리한 길로만 가려는 본성이 있으나, 이런 마음은 자신에 대한 가장 큰 유혹이며, 안이함에 빠지다가는 점점 더 안이함에 유혹되어 결국 스스로 헤어나지 못하게 되고 마는 것이다.

안이함은 그 자체가 경계해야 할 가장 큰 것 중의 하나이니라. 자신의 길이 험하게 느껴지는 것은 그만큼 단축시켜 겪어 넘김의 의미도 있는 것이다.

깨달으면 깨달을수록 평탄치는 않음이 계속되다가 후에 평탄함으로 바뀌는 것이니, 지속적으로 정진하면 구하는 모든 것을 얻을 수 있는 것이니라.

알겠습니다.

모두 겪어 넘김이 필요한 것이니라.

17

맑아야 한다

항상 마음은 맑아야 한다.

마음이 흐리면 번뇌가 생기고, 마음이 흐린 원인은 내 마음 속에 있으므로 그 속에서 흐린 원인을 찾아내야 한다. 남의 탓 같아도 모두 내 탓이며 내가 흐린 일을 하였으므로 흐린 결과가 나타나는 것이니라.

맑은 것은 모든 것을 바로 볼 수 있는 힘이다. 이 힘은 모든 것을 옳게 처리할 수 있는 힘이며 사리를 분별함에 그릇됨을 없이 할 수 있는 힘이다.

모두 맑을 수 없고 맑아서도 안 되는 것이나 수련하는 사람은 가급적 맑을 필요가 있다. 맑고 나서 하는 일과 맑기 전의 하는 일이 결과가 너무나 다른 까닭이다.

모든 것은 한결같은 마음 하나로 나아가야 맑을 수 있다. 맑음이 쉬운 것이 아니기에 이제껏 맑지 못함으로 인한 실책들이 이어져 왔다.

맑음은 모든 것을 해소할 수 있는 힘이다. 맑아야 한다. 호흡으로 맑을 수 있도록 하라.

알겠습니다.

맑지 않으면 별것이 다 걸리느니라.

18

천하는 사람의 하반신

천하를 얻어도 나를 잃으면 소용이 없는 것이요, 나를 얻으면 천하를 잃어도 기쁨만 있는 것이니라. 매일 아침 한 시간씩의 수련은 천하를 평정할 것이다.

자신의 내부에서 지혜의 샘을 끌어내오는 일도 자신의 모든 것을 밝혀 빛나게 하는 것도 모두 호흡으로써 가한 일이다. 천지는 모두 내 안에 있는 것이며 천하는 나의 하반신에 해당한다. 깨닫지 못하면 하늘 아래 있는 것이나, 깨달으면 그 순간 하늘 위로 오르는 것이며, 깨닫고 나면 모든 것이 한눈에 보이는 것이니라.

하늘과 땅이 멀리 있는 것 같아도 하나로 붙어 있는 것이며, 인간은 깨달으면 하늘 위로 오를 수 있으나 깨닫지 못하면 다시 지하에서 생을 반복하는 것이다.

인간의 태어남과 식물의 싹이 트는 것은 하나도 다를 것이 없는 이치인 것이다. 싹이 터서 열매를 맺는 것과 열매를 맺지 못함의 차이가 있듯, 일단 생을 얻었으면 반드시 열반을 구하도록 해라.

 19

남을 위해서도 살라

나 아닌 남을 위해서도 살아야 한다. 남이라고 모두 남이 아니며 그 속에 또한 내가 살아 있는 것이니 남이라고 모두 남이라 볼 수는 없는 까닭이다.

특히 나보다 못한 사람의 경우 공덕을 쌓을 수 있는 절호의 기회라고 생각하면 틀림이 없다. 이 공덕은 마음의 공덕이다. 진실로 상대를 도와주는 것은 물物인 것 같아도 사실은 마음이며, 이 마음이 있으면 물은 없어도 상대에게 도움이 되는 것이다. 매사는 반드시 물로 측정이 되는 것은 아니나 마음이 워낙 중요하므로 그 비중이 떨어진다는 뜻이다.

사소한 것에서도 느낌이 전달되는 것, 나를 위해서가 아닌 상대를 위해서 그 느낌을 받는 것은 상당히 중요한 것이다. 그 느낌을 실용화하는 것은 더욱 중요하다.

평소 그런 느낌을 생활화하는 것은 창작 시 상당한 진전을 가져올 것이다. 나보다 못한 것 중 첫째가 영적 불능이요, 둘째가 마음의 무능이요, 셋째가 물적 무능이니라.

알겠습니다.

아픔을 같이 느낄 수 있어야 하느니라.

20

인생은 원래 답답한 것

어째서 이렇게 답답한 상황만 계속되는 것인지요?

'스케줄'이다. 답답함은 해답을 얻어내는 과정이며 답이 나오지 않는 동안은 답답한 것이니라. 그 답은 인생에 있어 상당한 열쇠가 될 것이며 그 열쇠는 깨달음과 함께 풀리게 될 것이다.

수련이 마냥 부드럽게 풀리는 것은 아니며, 이제껏 쉽게 풀려가는 듯 보이는 것은 그 때의 일일 뿐, 원래가 인생이란 무엇인가를 알고 나면 답답한 것이니라.

그 답답함에서 깨치고 나오자는 것이 수련인바, 깨치기 전에는 답답함만 계속될 것이니라. 그 답답함이 답답하지 않음으로 바뀌면 그것이 곧 일상으로부터 탈출이 되는 것이다. 알겠느냐?

세상이 모두 모를 일뿐이옵니다. 어디에도 답은 없는 것 아닌지요? 수련으로 인해 나아지는 것이 없는지요?

나아지는 것은 자신의 답답함이 알아지는 것인바, 그것이 곧 도의 길에서 본궤도에 진입하였음을 나타내주는 표시이기도 한 것이니라. 어찌 편키를 바라는 것이냐? 더 답답해질 것이니라.

알겠습니다.

알긴 무엇을 알았단 말이냐? 아직도 모르는 그것이 답답한 것이니라.

언제나 알아질는지요?

앞으로 상당히 여러 날을 연구해야 할 것이다. 수련의 길이 어려운 것이라 함은 이 과정에서 깨고 나가지 못해서이며, 이 과정에서 깨고 나가면 모두 밝고 좋은 일만 있는 기간도 있는 것이니라.

그 때는 언제 오는지요?

멀지 않다. 어쨌든 그리 멀지 않은 기간 내에 서광이 보일 것이니라. 기대해도 좋다.

알아지는 것은 어찌 이리도 없는지요?

어찌 벌써 무슨 수련을 했다고 무엇이 알아진단 말이냐? 본성과의 만남이 무슨 대단한 일이라고 내세울 게 있단 말이냐? 그것은 수련 자격 중 최초로 넘어가는 작은 고비 중의 하나일 뿐이니라. 그리 알도록 해라.

알겠습니다. 답답함은 계속 이어질 것인지요?

어느 정도는 보이지 않느냐? 그 정도면 갈 수는 있을 것이니라.

알겠습니다.

21

바보 세 명에게도 배울 것이

항상 겸손해라. 이 세상에는 모두 나보다 나은 사람들뿐인 것이니, 형편없고 그저 그런 듯 보이는 사람들 사이에도 정말로 괜찮은 흐름이 있는 것이다. 그 흐름을 잡아내고 내 것으로 소화시켜 낼 수 있어야 한다.

바보 세 명에게도 배울 것이 있다는 말은 그 중에 반드시 배워야 할 어떤 흐름이 있음을 말해주는 것이다. 사람에게서 배우는 것이 아닌 그 중의 어떤 흐름에서 배우는 것이다.

그 흐름은 자연에서 가장 부드러우며 인간에게서 가장 왜곡되어 있다. 그 왜곡되어 있음으로 인해 배울 것도 있는 것이며 발전의 소지도 있는 것이니라.

언제 어디서나 항상 자신을 낮추고 숙여 배움을 청하면, 어떤 말도 고깝게 들리지 않아 참배움의 자세가 나오게 되고, 그 참배움의 자세 속에서 남을 가르칠 수 있는 여유가 나오는 것이지, 미처 배우기도 전에 남에게 전수해 주고자 하는 마음부터 먹는 것은 수련생의 갈 바가 아닌 것이다.

일반인이라면 별 배운 바가 없어도 가르칠 수 있으나, 수련생은 배우는 자세가 완비되고 나서야 가르칠 수 있는 것이니라.

알겠습니다.

22

인체의 두 가지 리듬

인체에는 두 가지 리듬이 있으니 하나는 첫 번째 리듬이며 다른 하나는 두 번째 리듬이다. 첫 번째는 인간의 의지가 작용치 않을 때 자연 상태 그대로 움직여가는 것으로, 가장 본래의 모습을 간직하고 있으면서 천지에 섞여 움직이므로 그 실체가 드러나지 않는 것이다.

두 번째는 인간의 의지가 작용하는 리듬으로 천지의 뜻을 거슬러 오르기도 하고 서둘러 굴러가기도 한다.

인간의 의지(여기서는 마음의 움직임)가 첫 번째 리듬에 가깝게 될수록 세상은 평온해지며 자신의 분수를 알고 행동하게 되나, 대부분 어떤 경우에서든 자신의 의지를 작동시켜 변화의 욕망을 실현시키려 한다.

인간은 자신의 욕구를 실현시키면서도 첫 번째의 상태를 유지할 수 있는 기능이 함께 내재되어 있는바, 이른바 호흡이다. 호흡으로 마음을 다스려 힘을 얻음으로써 원하는 모든 것을 다 이룩할 수 있는 것, 이것이 바로 수련의 요체인 것이다.

원하는 모든 것은 다 얻을 수 있다. 다만 이 수련으로 모든 고난이 앞당겨 오는 것은 피할 수 없다.

알겠습니다.

23

수련과 직업

사람은 항상 해야 할 도리가 있다. 이 해야 할 도리를 다하면 편한 것이요, 이 도리를 다하지 않으면 불편한 것이다. 편함과 불편함의 차이는 이 해야 할 것을 하느냐 않느냐에 달려 있다.

해야 할 것 중의 하나가 수련이며 또 하나는 직업이다. 직업이란 그 사람이 일상에서 해놓아야 할 또 하나의 일이며 수련과는 또 다른 결과를 요한다. 어떤 분야에서든 자신의 몫이 있고 그 몫을 다해야 신계神界에서 대접받을 수 있으며, 그 대접은 바로 신계에서의 자신의 위치이자 역할 부여인 것이다.

인간으로 있으면서 성취하고자 하는 것을 성취했느냐 하는 것은 상당히 중요한 의미를 가진다. 하지만 쉽게 성취한 것이 중요한 것이 아니고, 겪을 만큼의 과정을 거쳐서 성취하는 것이 중요하다.

이 과정 자체가 공부이고 수련인 것이지, 그 결과 자체는 과정에 비하면 별로 중요한 것이 아닌 까닭이다. 과정의 어려움을 극복하여야 참된 결과를 구할 수 있느니라. 알겠느냐?

과정에 좀 더 충실히 하겠습니다.

과정에 충실하되 결과가 있어야 하느니라.

 24

작은 일은 작게

이 세상의 모든 것에는 다 때가 있다. 때가 되기 전에 이룩하면 설익은 것이요, 때가 지난 후에 이룬다면 늦은 것이다. 언제 성취해도 정상적으로 내 것이 되도록 하는 방법은 호흡이다.

항상 익히고, 다듬고, 활성화하고 정리하여 내 것으로 만들어주며, 차분한 가운데 문제를 밝히고 재고케 하여 기반이 든든하도록 한다.

자신이 생각하지 못했던 문제를 발견 정정하는 것도 호흡이며, 자신이 인식치 못했던 과오를 시정케 하는 것도 호흡이다.

인간은 마음이 차분한 상태에서 어떤 것을 이루어야 참 자신의 것이 되도록 되어 있다. 매사가 들떠 있는 상태에서는 어렵다고 보아지며 차분한 상태에서라야 실수가 없는 것이다.

조그마한 일은 작게, 큰일은 크게 생각할 수 있는 것도 마음이 가라앉았을 때의 일이며, 그렇지 않으면 작은 일이 크게, 큰일이 작게 보여 실책이 거듭될 것이니라.

알겠습니다.

작은 일을 크게, 큰일을 작게 보는 일이 없도록 하라.

25

기회를 잡는 힘

인간에게 기회는 항상 있는 것이다. 다만 살리고 못 살리고는 본인의 탓이다. 본인의 노력에 의해 그 기회가 살아나기도 하고 사라지기도 하는 것이다.

본인의 노력은 적시성이 있을 것을 요한다. 적시성이라 함은 그 기회를 내 것으로 만들 수 있는 힘으로서 평소 능력을 갖추고 노력하는 사람에게 찾아온다.

인간의 능력은 워낙 천차만별이어서 각각 원하는 바가 다르고 성취할 수 있는 분야가 다르다. 성취할 수 있는 분야란 본인의 노력으로 가능한 분야이다.

본인의 노력이 아닌 우연히 받아서 이루는 경우가 있는 것처럼 보이는 것은 그 전에 그런 일이 생길 인연이 있었던 경우이며, 결코 우연이란 이 기회에 관하여는 없는 것이다.

매사는 인간의 정성이 노력으로 표현될 때 가능한 것이니라. 노력이다. 평소 정성으로 노력하면 결과는 반드시 온다. 멀지 않다.

알겠습니다.

조금만 더 기다려라.

그리하겠습니다.

26

공과 사의 구분

인간은 언제나 해내야 할 자신의 몫이 있다. 그 몫은 크기도 하고 작은 경우도 있으나 대부분 자신의 노력과 유관하다. 자신의 능력과 비슷한 정도의 업무가 내려오는 것이다.

이 일 중에는 사적인 부분도 있고 공적인 부분도 있는바, 양자의 조화로운 운용은 어느 분야에 대한 완벽한 발전을 불가능하게 한다. 어느 일방의 손해가 오는 것에 대한 감수는 대체로 일방의 성공적 완수에서 보상이 된다.

공과 사는 구별 개념이며 병행이 가능할 수 없으나, 현재 사적인 공간 내에서 공적인 부분을 추진하므로 서로 간섭이 되어 어려움을 겪고 있는 것이다.

너는 공적인 역량이 뛰어난 편으로 이 부분을 잘 발달시켜 왔으며, 앞으로도 사적인 비율은 30% 이하(주로 20~15%)에서 차지하고 공적인 부분이 나머지 85~70%를 차지할 것이다. 공인의 특성을 가장 많이 지니고 있으므로 공적으로 성공이 가한 것이니라.

알겠습니다.

곧 된다. 곧 되느니라.

27

대가 없는 것은 없다

이 세상의 모든 것이 대가 없이 오는 것은 없다. 대가가 있고서야 그 값어치를 인정받는 것이다. 그냥 보기에는 거저 오는 듯 보이는 모든 것들이 다 이런 과정을 거쳐 나온 것들이지만, 우리가 보기에 쉽게 보이는 것뿐이다. 이 대가가 제시되기 전에 이루어진다면 후에 반드시 대가를 제시해야 하는 것이니, 사전에 모든 대가를 제공해야 후에 진정 나의 것만 남는 것이다. 대가를 지불함에 소홀하다면 더 큰 대가를 지불하는 일이 있을 것이니, 사전에 대가를 지불함에 인색함이 없도록 하라.

우주의 법칙은 그냥 가는 법이 없다. 반드시 간 것만큼 오는 것이 또한 우주의 법칙이기도 한 것이니 가고 마는 법도 없는 까닭이다. 아무리 간 뒤에 받아도 오직 겸손으로 받아들이는 것이 신화神化의 조건이다. 신계神界는 모두 없는 것이나 마찬가지이면서도 또한 가득 채워져 있는 것이니, 인간으로 있으면서 상하를 알아야 할 필요가 있는 것이니라.

28

맡겨라

무엇이든 맡겨라. 자신의 의지를 포함시키지 말고 맡겨라. 인간의 일이 마냥 잘되는 것은 아니다. 특히 수련에 들어 마냥 잘되기를 기대한다는 것은 인간의 할 바도 아니다.

속인과 다른 점은 참고 견디며 자신의 겪어 넘겨야 할 바를 챙겨 실수 없이 넘기는 데 있는 것이지, 속인과 같이 매사를 잘되게 하여 그로 인한 즐거움으로 일이 되는 것이 아닌 것이다.

자신의 내부에 있는 편하고자 하는 자신을 죽이고, 타를 위해 고행에서 견뎌 나가고자 하는 자신을 키워가는 것이 곧 수련인 것이며, 수련생에게 필요한 마음가짐인 것이다.

자신의 마음이 탐색되어 백화白化했을 때 모든 것은 이루어진다. 그 이루어지는 모습조차도 가장 완벽한 모습으로 이루어지게 되어 있다. 다만 물에 대하여는 궁핍할 것이나, 성직은 물物로 편함에 드는 것이 아니며 심心으로 편함에 드는 것인바, 심평心平이 물평物平보다 훨씬 값어치 있음을 알면 물평은 절로 되는 것이니라.

29

중복되는 역할

한 사람이 해야 하고 할 수 있는 일이 한 가지인 경우는 드물다. 그래서 인간에게는 여러 가지 중복되는 역할이 한꺼번에 내려오는 것이며, 그 역량에 따라 성취도가 달라지게 된다.

인간의 하는 일이 다양함은, 일평생 그의 일에 대하여 성취하는 것은 성취하는 대로, 성취가 불가하면 불가한 대로 배워야 할 것이 있으며, 본인의 의지에 의하여 이루고 못 이루고를 떠나 배워야 할 점이 있기 때문이다.

인간은 언제나 자신의 삶에 대하여 일정한 책임을 지며 살아가도록 되어 있다. 자신의 삶에 대한 책임은 모든 것에 대하여 부담으로 작용하는 경우도 있으나, 이 책임으로 인하여 발전도 있는 것이다.

사람이 사람에 대하여 책임을 지는 것이 인간의 기본이요, 하늘에 대해 책임을 지는 것이 수련생의 기본이고, 아무것에도 책임을 지지 않는 것은 인간 이하의 도리인 것이다.

자신이 맡은 일에 대하여 무리하지 않는 정상적인 방법으로 책임을 질 수 있도록 하라. 순리로 가면 책임을 완수할 수 있다. 무리하지 않되 완수는 할 수 있도록 하라.

알겠습니다.

무리는 무리를 부른다.

30

수련의 결실은 늦다

사람이 언제나 구하는 바가 있으면 구해지는 것이나 그 성의나 노력에 비례하여 다가오는 것이 다르다. 구하고자 하는 열의가 있으면 빨리 다가오는 것이요, 열의가 덜하면 늦게 오는 것이다.

허나 열의가 있어도 천천히 오는 것이 있으니 이 수련에서의 일이다. 때가 되어 익고, 익은 후에 결실을 맺으며 본인에게 어떤 방향으로든 득이 되는 쪽으로 나가나, 다만 본인이 완전히 털고 나갈 수 있어야 하므로 항상 뒤끝이 없도록 한다.

범인의 경우 매사가 깨끗이 뒷정리가 되지 않으므로 매끈하지 못한 경우가 있으나, 참수련생의 경우 뒷정리를 매끈하게 하고 나가게 하므로 차후 다시 돌아볼 필요가 없다.

아직 남아 있는 것들은 모두 다시 털어야 할 부분들이며 이 모든 것들이 털어져서 후엔 티끌 같은 것도 없이 말끔한 상태가 될 것이다.

수련 시 걸리는 것이 없도록 마음에서 정리하여야 하며 정리가 되지 않는 부분은 모두 모아서 수련으로 정리하는 법도 있다.
호흡은 항상 진전이자 마무리이며 수단이자 방법인 것이다.

알겠습니다.

31

『도○』이라는 책에 대하여

어떤 일이든 일단 내 수중에 들어온 다음에는 파악을 하여 그 속을 알고 넘어갈 필요가 있다. 인연은 배움으로 그 가치를 평가해 보아야 하며, 그 배움이란 반드시 내게 이익이 되는 배움이 아닌 손해가 되는 배움도 있는 것이니라.

현재 책에 기재된 내용은 다소 과장된 부분이 있어 그대로 받아들일 것은 아니나, 수련의 초기 단계에 있는 사람에게 순간 강하게 집중하여 초관문을 넘어가게 하기 위하여 심기를 조성하는 부분이 있으니, 그런 부분은 흘려 넘기면 된다.

경經 공부는 이미 일정한 단계가 설정되어 있는 것이며, 경 공부로 갈 수 있는 부분은 성性은 아니나 성의 직전까지 도달하여 넘겨다 볼 수는 있는 것이니라. 경이라는 지팡이에 의지하여 가는 것이므로, 그 지팡이가 없게 되는 순간 홀로 서는 수련이 다시 필요하며, 그 때 다시 성性 공부에 드는 것은 힘겹기는 하나 가능하다.

경 공부가 필요하다면 해보는 것도 가하다. 해보도록 하라.

 32

타인의 감정 손상은 업

사람이 하는 일은 실수가 있을 수 있다. 허나 그 실수란 것은 납득될 수 있는 범위 내일 것을 요한다. 고의로 인한 잘못의 경우나, 과실이라도 절대 불가한 경우의 것은 용인이 되지 않는다.

납득이 되는 경우는 인간으로서 그럴 수도 있다는 것을 의미한다. '인간이 그럴 수는 없다'고 생각되는 경우는 납득이 되지 않으므로 감정을 불러일으키게 되고, 감정은 타인의 진화를 방해하므로 납득이 어려운 것이다.

감정을 불러일으키더라도 타인의 진화에 도움이 되는 감정을 불러일으켜야 한다. 곱고 아름다운 감정을 불러일으켜 타인의 감정을 순화하고 힘을 이끌어 낼 수 있어야 한다.

이 감정은 곧 수련의 원동력이며 빠르게도 늦게도 흐르게 할 수 있는 힘인 것이다. 이 감정에 영향을 주지 않는 어떤 행동도 신계에서는 용납이 가하다.

감정이 부정적인 경우라도 추후 복구가 가능한 경우라면 납득이 가하나, 추후 복구가 불가한 타인의 감정 손상은 용납이 되지 않으므로 업이 되는 것이다.

알겠습니다.

타인의 감정 처리는 중요한 변수이다.

33

힘의 비축

사람에게는 항상 기회가 있다. 이 기회는 쉽게 오는 것이 아니요, 충분한 준비 상태에서 오는 것인바, 이 준비 상태란 어떠한 일도 처리해 낼 수 있는 힘이 비축되어 있는 상태를 말한다.

이렇게 충분한 힘이 비축되어 있으면, 매 순간순간 어떤 일이든지 해낼 수 있는 힘이 넘치게 되고 어떤 일이든지 가능하나, 힘이 부족하면 생각과 행동이 둔해져 순발력이 저하되므로 자신의 기회를 놓치게 되고 마는 것이다.

인간의 발전 가능성은 무한하며 한계가 없어 신화神化까지 가능한바, 이 가능성을 내 것으로 하기 위하여는 항상 체내에 힘을 비축할 필요가 있다. 힘의 비축은 곧 삶의 비축이며 어떤 일이든 가능케 하는 원천으로서, 그 현재적 가치와 잠재적 가치가 무궁하다고 할 것이다.

힘은 곧 가능성이며 결과 도출이며 변화와 진전의 원동력이니라. 약으로 보하고 호흡으로 다스려 자신의 오기를 조화하고 폭발

성 있는 '파워'로 비축하여 놓으면 조만간 사용할 곳이 있느니라.

한약의 도움은 이 시점에서 적절한 방법이 될 수 있다. 건강과 파워는 일치한다. 힘의 배가는 수련의 배가이니 힘의 배가에 노력토록 하라.

알겠습니다.

34

마음이 차분해야

항상 마음을 차분히 가지고 매사에 임하라. 매사에 임하는 가장 기본적인 조건은 마음이 가라앉아 있어야 한다는 것이다. 마음이 들떠 있는 한 모두 놓치게 되고, 놓치면 다시는 내 것이 되지 않는 것들이 많다.

언제나 내 것이면서 언제나 내 것인 것은 아니고, 그 속에서 진실로 내 것이 될 수 있는 순간들은 따로 정해져 있는 것이니, 그 순간에 모든 것을 강하게 밀어붙일 수 있어야 한다.

자신의 내부에서 언제나 불타오르는 기운을 다스려 일정한 기회에 나타낼 수 있는 것, 이것이 바로 수련의 요체이다. 서서히 차분하게 힘을 준비하여 결정적인 순간에 승화시킬 수 있는 방법이 곧 수련인 것이다.

수련은 힘이다. 수련은 기회 포착이며 이 기회는 가장 큰 기회, 즉 해탈의 기회여야 한다. 해탈의 기회는 쉽게 오지 않는다. 필생의 고생 끝에 단 한 번 잡는 기회인 것이다.

이 단 한 번의 기회가 내게 왔을 때 낚아채어 내 것으로 만들 수 있어야 한다. 이 내 것으로 만드는 방법, 즉 수련을 위해 평소 힘을 비축하고 기회를 보는 것, 이것이 일상 생활화해야 하느니라.

알겠습니다.

힘이다. 힘을 모아야 한다.

그리하도록 하겠습니다.

35

능력 개발이 필요

사람이 일평생 해야 하고 할 수 있는 일은 많이 있으나 그 중에서 가장 해야 하는 일은 자신이 가지고 있는 능력을 펴고 그 능력을 남에게 전달하는 일이다.

자신의 능력을 100% 펴고 타인에게 전수할 수 있다면, 그는 일생을 가장 보람 있게 살았다고 할 수 있을 것이다. 자신의 능력이 어떤 부분에 적성을 가지고 있는가 하는 것은 평소 잘 나타나는 바 있으나, 수련생의 경우 수련 속에서 찾아내고 그것을 발전시켜 나감이 바람직하다.

모든 것은 마음이 맑을 때 잘 바라보이게 되어 있으며 마음에 욕심이 없을 때 잘 드러나게 되어 있다. 사람의 하는 일이 모두 그렇고 그래서 별 차이가 없는 것 같으나 전부 필요한 것이며, 각자의 부분에 충실하므로 이 세상을 위한 자신의 노력을 표현해 보일 수 있다.

그 능력을 전달하여 타인의 진화에 도움을 주는 것 역시 자신의 능력을 발견하는 것 못지않게 중요한 일 중의 하나이다. 사명은 자신이 할 수 있고 하고 있는 일인 경우가 많으며, 그것으로 전 인류에게 도움이 될 수 있는 일을 만들어야 한다.

그리하도록 하겠습니다.

능력 개발이 중요하니라.

36

소아小我에서 대아大我로

사람이란 나를 찾아서 나를 벗는 것이다. 나를 찾지 못하여 내가 누군지 모르게 되면 나를 벗을 수 없게 되니 먼저 나를 찾아 내가 누군지 알아야 한다.

나는 곧 나이자 우주이며 심이고 물이니, 나는 어디에도 있고 어디에도 없어, 있는 듯 없고 없는 듯 있으며, 모두 나인 것 같으면서도 모두 내가 아니기도 하는 것이니, 참나를 만나서 가는 길은 원래 먼 것 같으면서도 또한 지극히 가까운 것이기도 하니라.

나를 알면 하늘이 보이고 우주가 보이며 심이 보이고 물이 보이니 모두 이미 내 것인 것이다. 소아의 상태에서 내 것이 아니라 대아의 상태에서 내 것인 것이니라.

대아란 깨친 후의 나요, 모든 것을 가진 나이니, 인간으로서 이 대아에 뜻을 두고 정진함은 인간의 가장 큰 복을 가진 것이라고 할 수 있다.

수련은 소아에서 탈피하여 대아에 가는 것이니 질기고 질긴 인피人皮가 있는 한 쉽지 않으나, 그 과정을 겪어 넘기면 성취 또한 큰 것이니라.

알겠습니다.

정진이다. 정진이니라.

37

네 자리를 찾아라

모든 것에서 벗어난다. 마음에서조차 벗어난다. 모두 벗으면 마음도 내가 아니다.

내 마음조차도 객관화하여 바라볼 수 있는 곳, 그곳이 바로 나의 자리이다. 인간의 상상으로 가능한 모든 것 이외의 것까지도 나 이외의 곳에 놓고 바라볼 수 있는 것, 그것이 해탈이다.

나를 위시한 모든 것을 떨어져서 한 점의 흔들림 없이 고요히 바라볼 수 있는 곳, 한 점의 흔들림이 없는 위치, 모든 것을 정확히 바라볼 수 있는 자리, 어떤 것으로부터도 영향이 없는 자리, 전체적인 균형과 조화로 일체의 번뇌가 없는 자리, 그곳이 바로 내 자리인 것이다.

이 모든 우주에서 멀리 떨어져 참으로 우주에도 신경 쓸 일 없는 자리, 내 자리를 찾아라. 참나의 자리를 찾아라.

무의 세계, 무이면서 참유의 세계, 그곳이 바로 '나'의 자리인 것이다.

알겠습니다.

네 자리를 찾아라.

그리하도록 하겠습니다.

 38

인격과 신격

인간에게는 인격이 있다. 신에게는 신격이 있다. 인간이면서 인격과 신격을 동시에 가지고 있는 사람이 있으니 바로 수련 중인 자이다.

수련과 무관한 경우에도 영성이 개발되어 있는 자가 있어, 참으로 보통 사람이 생각할 수 없는 부분을 생각해 내어, 인간의 영적 개발을 도움으로써 인류의 생활 전반에 걸쳐 도움을 주는 자들이 있으나, 그것은 영격의 문제이지 신격과는 거리가 멀다.

영계는 인간과 신의 중간 단계에 있는 것으로서 영격의 개발로는 신화가 어렵다. 신화는 신격을 개발함으로써 가능한 것이다.

영격은 스스로 개발되기도 하며, 어떤 방면에 대한 인간의 의지로, 노력으로 개발되기도 하는바, 본인이 영격을 이용하며 그 이상의 단계에 정진하면 신격을 알 수 있으나, 영격에 이끌려 인간 세상의 일에 몰두하면 더 이상의 발전은 불가한 것이다.

신격은 어떤 면에서는 영격보다 재주는 없어 보이나 항상 본질을 꿰뚫고 지나가므로 명작이 나올 수 있는 것이다. 명작은 신격의 세계에서 가능한 것이니라.

알겠습니다.

39

산 호흡, 죽은 호흡

사람에게는 무릇 해야 할 바가 있으니 이를 도리라고 한다. 이 도리를 다하면 인간의 기본을 다하는 것이요, 도리를 다하지 못하면 인간의 기본을 다하지 못하는 것이다.

인간은 본시 출생 시부터 해야 할 일이 있으니 모두에게 공통적으로 수련이 해당되는 것이나, 속俗에서 생활하면서 호흡을 잊고 지내므로 수련에서 멀어진 바 되었다.

출생 시의 호흡이 가장 인간 본래의 호흡에 가까우며 출생 이후 점차 동물의 호흡으로 변화되었다가 다시 수련을 함으로 인하여 본래의 호흡으로 돌아간다.

모든 호흡은 단전에 연결되지 않으면 죽은 호흡이요, 단전에 연결되어야 산 호흡이니, 단전을 의식하지 않고 아무리 숨을 쉬어 봐야 호흡 자체가 죽어 있으니 깨쳐지지 않는 것이다.

인간의 도리는 이 깨쳐진 호흡이 있고서야 가능한 것이니, 그냥 생각으로 하는 것은 해도 한 것이 아닌 것과 같은 것이다. 깨이지 않음이 가장 무서운 것이니 호흡으로 깨일 수 있도록 하라. 깨임은 가장 본래의 나에 가까워지는 것이니라.

알겠습니다.

호흡이다. 호흡이니라.

40

결실을 맺는 시기

모든 것은 결실을 맺는 시기가 있다. 결실을 어떻게 맺느냐에 따라 사람이나 동물, 식물은 일생을 어떻게 살았느냐가 평가된다. 너무 비바람에 시달려도 안 되거니와 너무 햇볕에 노출되어 있어도 결실은 불가한 것이다.

적당한 비바람과 밤낮이 도와주지 않고는 참다운 결실이 돌아오지 않는 것이다. 어떤 결실이 돌아오는가 하는 것은 어떤 노력을 하였는가와 관련이 있다.

자신이 정당한 방향으로 정당한 결실을 구하려고 노력하였다면 모든 것은 정의 방향으로 풀리고 깨침에 들 것이다. 부정한 방향으로 노력하였다면 부정한 방향으로 풀려 깨침이 없을 것이다.

깨침과 못 깨침의 차이는 정이냐 부정이냐에 있다. 사람은 무릇 의식이 깨여야 깨인 것이요, 평소 아무리 깨인 듯 행동해도 사실상 깨이지 않으면 깨인 것이 아니다.

참된 의식으로 결실을 거둘 수 있도록 하라.

알겠습니다.

의식이 있어야 매사가 산다.

41

글은 또 하나의 수련 지도

모든 사람들이 하고 싶은 말이 있다. 뭉쳐서 안에 들어있으되 '내가 누구인지, 무엇이 내 안에 있는지'가 감이 잡히지 않으므로, 내가 보고 싶어 하는 잠재적인 부분은 알지 못하고 넘어가게 되는 것이다.

작가는 그런 부분을 건드려 감동을 줄 수 있어야 한다. 인간이 모두 가지고 있는 감정의 기본은 희로애락의 네 가지인바, 감동은 이 네 가지 형태로 표현된다.

어떤 감동이든 이 네 가지 표현의 범위에서 벗어나지 못하나, 다만 이 네 종의 감정을 진화에 도움이 가능한 방향으로 발산되도록, 즉 영격 상승에 도움이 가한 쪽으로 표현되도록 해주어야 한다.

작가는 글로, 가라앉은 감정도 불러일으키며 일어난 감정을 가라앉히기도 하고, 그 상태 그대로 또는 한 단계 높은 상태에서 지속되게도 할 수 있어야 한다. 글은 또 하나의 수련 지도이며 이 지도는 전 세계를 한 번에 지도할 수 있는 방법이기도 하니라.

알겠습니다.

중요한 것이 있느니라. 글을 사용함에 있어서 먼저 자신의 위치를 알고 나아갈 방향을 잡아야 한다는 것이다.

 42

신의 의지, 인간의 의지

사람이 하는 일은 항상 어떤 한계를 넘을 수 없다. 한계는 능력이나 시간, 그 외의 조건에 의해 결정되며 그 한계를 벗어나는 것은 신계의 일이다. 신은 그 능력의 무한함으로 자신이 원하는 모든 것을 이룩할 수 있으나, 항상 생각하는 바가 올바르므로 모두 성취되는 것이다.

인간의 몸으로 자신의 원하는 바를 모두 성취하는 것은 신격이 되었을 때 가능하다. 그렇지 않고 자신이 원하는 바를 모두 성취하는 것은 신의 의도하는 바와 자신이 원하는 바가 우연히 일치되었을 때 가능한 것이다.

인간은 신의 의도인지 자신의 의지인지 구별할 수 없으며 다만 결과에 대해서만이 알게 되는바, 평소 신계의 의도와 비슷한 의사를 가지고 행동한다면 선택받을 가능성이 상당히 높아지게 된다.

수련은 이 모든 한계를 극복할 수 있는 힘이다. 이 모든 한계를 극복함으로써 인간으로서 신의 일을 할 수 있고 결국은 신의 한계마저도 뛰어넘는 것이다.

인간은 신 속에 포함된 '한정된 나'이며, 그 한정을 벗어나는 것이 수련인 것이고, 벗어남이 곧 해탈인 것이다. 수련은 의지로 자신을 벗고 신화神化되는 길인 것이다.

알겠습니다.

43

나에게서 벗어나는 것

항상 무엇이든 잘되려 할 때 더욱 조심해야 한다. 어떤 일이든 고비가 지나면 상승을 하게 되어 있으며, 이 상승 기운이 붙으려 할 때 조심하여 다루지 않으면 놓치는 경우가 있으니, 그 전보다 더 못하게 되는 경우이다.

상승 기운의 진입 시에는 평소보다 더욱 조심함으로써 자신의 것으로 만들어야 하는바, 이 기운이 올 때는 전반적인 조짐이 있으므로 그에 따라 운신을 제한하여 해가 됨이 없도록 해야 한다.

세상은 항상 좁아 나의 뜻으로 덮으려 하면 손바닥보다도 작지만, 뜻을 펴려는 생각을 안 하면 그보다 넓은 것도 없다.

인간의 뜻은 때로 무궁한 바가 있어 그 끝이 없기도 하고, 때로는 아주 작은 것도 휘어잡지 못해 쩔쩔매기도 하느니, 나에게서 벗어나면 모든 것에서 벗어날 수 있는 것이니, 나에게서 벗어남이 모든 것에서 벗어날 수 있는 시초가 되는 것이니라.

벗어남은 일단 마음에 부담을 덜고 뒤로 한 발 물러서는 것에서 시작이니, 물러나서 모든 것을 생각해보고 객관적인 시야를 갖도록 하라.

알겠습니다.

44

출생 배경이란

수련의 길에 들어 하고 싶은 바를 하는 것 또한 수련생의 일이다. 수련생이 하고자 하는 일은 대개 자신이 하고자 원하던 것들이며, 자신이 누구이며 무슨 일을 해야 하는지를 깨닫게 되면서 해나가는 일이므로 크게 빗나가는 경우가 없는 것이다.

속인들은 자신이 누구인지 모르면서 하고 싶은 바를 하려 하므로, 중심이 잡히지 않은 상태에서 어떤 방향으로 나가는 것이 꼭 나침반 없이 항해를 하는 것과 같으나, 수련생은 나침반을 가지고 방향을 잡으므로, 하고 싶은 바가 빗나가지 않으며 거의 정확하게 맞는 것이다.

매사는 다 그렇게 되어야 하는 원인이 있고 그 원인을 충족시켜야 결과가 나오는 것이다. 원인이 충족되지 않는 한 결과는 없는 것이다. 그 원인이란 나의 출생 배경이며, 그 배경에는 내가 해야 할 일이 담겨져 있고, 그 해야 할 일을 찾아서 나가므로 자신의 길에 들어 결과가 나오는 것이다.

이 모든 과정이 정확하게 수행되기 위하여는 반드시 수련을 필요로 한다. 수련은 자신을 찾아 나가는 길이기 때문이다.

알겠습니다.

잘하고 있다. 잘하고 있느니라.

45

지극 정성

인간이 원하는 일이 언제나 이루어지는 것은 아니다. 지극 정성으로 원하면 가할 것이요, 대충 원하면 불가할 것이다.

지극 정성은 인간이 원하는 가장 깊은 정성이요, 이 지극 정성이 나오기 위하여는 깊은 집중을 필요로 한다. 이 깊은 집중은 무조건적일 때 가능하며, 조건이 있을 때는 그 조건에 가려 완벽하게 이루어지지 못할 경우가 있다.

이 깊은 집중은 종교 행사 시 가끔 나타나나 모두 소아적인 범주에서 벗어나지 못한 상태이므로 깨침으로 연결되지 못한다. 불교의 선에서 나타나는 집중 역시 소아에서 벗어나기 힘들며, 대아는 이미 집중이 되기도 전에 뜻이 흩어져 자신을 추스르기가 힘들다.

수련은 이 모든 것을 털고 우선적으로 자타를 구별치 않는 무념무상의 집중으로 들게 함에 그 묘미가 있다.

호흡으로 무상에 들어 지극 정성으로 하면 원하는 모든 것은 저절로 이루어지는 길이 보인다. 지극 정성은 모든 것을 이룩할 수 있는 길인 것이다.

알겠습니다.

무념으로 실행하라.

46

명확한 생각이 기본

어떤 말을 할 때는 의사의 전달을 항상 명확히 하여야 한다. 명확함은 수련생의 기본자세이다. 자신의 마음이 결정되지 않아 의사의 전달이 명쾌하지 못할 경우에는, 자신의 의사가 결정되지 않았음을 상대에게 알려 상대가 판단이 흔들리지 않도록 하여야 한다.

인간의 일은 언제나 많은 변수가 있어 이 변수의 움직임에 따라 상당히 다른 결과가 나오는 일이 종종 있어 왔다. 소설이건 드라마건 가상적인 분야에서 이 인간의 불명확함을 소재로 삼는 것이 많았으나, 실생활에서는 항시 명확함을 기본으로 하여야 한다.

인간이 모든 면(감정 포함)에서 앞서 있으나 가장 결정적으로 영체와 다른 점은 이 불명확한 부분이 있다는 점이다. 불명확함은 그 변수로 인하여 드라마의 가장 기본에 깔리는 구성 요건이 되기도 한다.

허나 실생활에 있어서는 수련생으로서 피해야 할 요소 중의 하나이다. 수련은 점차 자신의 생각을 가지 치게 함으로 명확한 자기 개념을 갖는 데 있다.

알겠습니다.

명확한 생각이 기본이니라.

47
자신의 일을 찾아야

사람으로 태어나서 해야 할 일이 있다. 하나는 자신이 해야 할 일을 찾는 것이요, 또 하나는 그 해야 할 일을 하는 것이다.

자신이 해야 할 일을 찾은 것만으로도 이미 반은 했다고 볼 수 있으며, 그 일을 시작했다면 이미 거의 한 것이다. 이런 해야 할 일은 크게 하나이며 적게는 여러 가지로 분류된다. 수련으로 가면서 그 중에 여러 가지 일들이 섞여 있는 것이다.

수련은 인간의 공통적인 부분이며 인류의 모든 것이 다 망라되어 있으므로, 그 안에서 자신이 필요한 부분과 자신을 필요로 하는 부분을 찾아 성취함으로써 금생의 의무를 다하는 것이 된다.

수련에 들지 않은 상태하에서는, 자신이 하고 싶은 바와 해야 할 바가 명확치 않은 상태에서 속의 욕심에 따라 처신하게 되므로, 성취되든 안 되든 수련과는 무관한 경우가 생기게 되는 것이다. 수련은 우선 맑음으로 자신의 해야 할 바를 찾는 것이니 이것이 수련이기도 한 것이니라. 우주는 무한하다. 인간이 할 일도 무한하니라.

48

본성의 지시

사람이 해야 할 일 중의 하나는 자신이 하고 싶은 일이요, 또 하나는 자신이 하고 싶은 바와 무관하게 해야 하는 일이다.

하고 싶은 일과 해야 하는 일이 일치되지 않는 경우는 아직 자신의 적성 개발이 부족한 경우이며, 수련생의 경우 대개 자신이 해야 할 일이 하고 싶은 일과 같아지게 된다.

본성의 지시는 인간에게 부족한 점을 찾아 그 부분을 메워주며 나가게 되어 있으며, 그 부족한 부분은 대개 참수련을 위한 길이고, 그 참수련을 위한 길 중에서 나타나는 수만 가지 길 중의 하나를 택하여 인류에게 큰 족적을 남기고 가게 되는 것이다.

설령 큰 자국이 아니더라도 큰 자국을 남길 수 있는 수련생에게 도움이 됨으로 자신의 몫을 다할 수 있도록 되어 있는 것이다. 인간은 본성이 있으므로 영혼의 발전이 가하다.

타 동식물의 경우 살아 있는 본성이 아닌 그 자체 본래의 성질이며 그것만으로는 발전이 어려운 것이니라.

알겠습니다.

인간으로서 수련의 길에 들어왔다는 것은 크나큰 축복이니라.

• • • • •

항상 겸손해라.

이 세상에는 모두 나보다 나은 사람들뿐인 것이니, 형편없고

그저 그런 듯 보이는 사람들 사이에도 정말로 괜찮은 흐름이 있는 것이다.

그 흐름을 잡아내고 내 것으로 소화시켜 낼 수 있어야 한다.

바보 세 명에게도 배울 것이 있다는 말은 그 중에

반드시 배워야 할 어떤 흐름이 있음을 말해주는 것이다.

49

반드시 해야 하는 일

사람이 해야 하는 일에는 반드시 해야 하는 일이 있고, 해도 되고 안 해도 되는 일이 있다. 해도 되고 안 해도 되는 일은 인간으로서의 일이요, 일상생활을 하기 위한 일이다.

반드시 해야 하는 일은 수련생으로서의 일이요, 호흡하는 일이다. 여기서의 호흡은 수련에서의 호흡을 일컫는다.

일상생활을 위한 일은 안 하면 대신할 수도 있고, 안 했을 경우에도 다소 생활이 피곤한 선에서 끝나나, 수련을 하지 않으면 즉각 마음의 벽이 생겨 갑갑함을 금치 못하게 되어 있다.

세상은 넓고 내가 할 수 있는 일은 한정되어 있으나, 수련으로 깨고 나간다면 할 일은 한정되어 있어도 온 세상을 모두 바라볼 수 있을 것이다. 모두 바라본 그 관점에서 나의 일을 하게 되므로 그 일 자체가 세상화(우주화)하게 되는 것이다.

한 가지 일이 넓고 깊게 이루어진다 함은 완벽하게 달성되는 것을 말하는 것이니, 하나를 해도 제대로 하게 되는 것이다. 수련생은 세상을 보는 관점이 높고 넓어야 한다.

알겠습니다.

그런 관점에서 결과(깨침)가 나와야 하는 것이다.

50

사람이 되는 일

사람이 할 수 있고 해야 하는 일이 있으니 우선 자신의 뜻을 펴고 그 뜻을 폄으로 자타에 이익이 돌아가야 한다. 자타에 이익이 돌아가도 깨달음이 없으면 소용없고, 깨달음이 있어도 자화(自化: 내 것으로 만듦)하지 못하면 소용이 없다.

사람이란 할 일을 해야 사람인 것이고 할 일을 하지 못하면 사람이 아닌 것이며, 그 할 일 중에도 진정 해야 할 일이 무엇인지 찾아서 반드시 필요한 것을 할 수 있어야 진정 사람인 것이다.

인간으로 태어났으되 사람이 되는 것은 또 다른 어려움이 있는 것이며, 진정 사람이 된 연후에 자신의 도리는 따로 있는 것이다. 수련은 사람이 되고자 하는 것이며, 이 사람이란 천하를 통틀어 본체에 접근한 사람이라야 하는 것이다.

사람이 모두 사람이 아님은 그 행동으로 나타나는 것이며, 그 행동이 사람 같아도 마음이 또한 사람 같아야 하며, 마음이 사람 같아도 본성에 닮아가려는 노력 또한 부족함이 없어야 하는 것이니라.

51

인간과 인류

호흡을 하지 않으면 모든 기능이 정상 작동이 되지 않을 것이요, 호흡을 하면 모든 기능이 정상 작동이 될 뿐 아니라 성능이 향상될 것이다. 그 성능 향상은 한계가 없다.

그 무한한 상승을 할 수 있는 자신의 능력을 어느 시점에서 가두어 둔다는 것은 너무나 큰 손실이 아닐 수 없다. 우선 자신에 대한 손실이며, 둘째 인류에 대한 손실이고, 셋째 우주에 대한 손실인 것이다.

인간은 그 자신뿐이 아닌 인류와 우주의 일부이므로, 자신을 갈고 닦는 노력의 부족은 전체에게 영향을 미쳐 진화가 더디게 만든다. 인간과 인류 그리고 우주의 관계는, 인류는 인간의 집단이자 계속성 보장의 주체이며, 인간과 우주는 동일한 상태에서 대소의 차이가 있는 것이다.

상당한 깨달음은 이 우주와 동일시할 수 있는 능력을 가지는 것이므로, 그것으로 인류를 발전시켜 결국 다시 자신의 발전으로 돌아오는 것이니, 인간이 인류에게 기여함은 자신이 타고 있는 배를 앞으로 전진시키는 것과 같은 것이니라.

호흡으로 발전을 시키도록 하라. 호흡이다. 호흡으로 자신이 할 일을 할 수 있는 것이니라.

알겠습니다.

52

자신의 일을 빼앗기지 말아라

사람이 해야 할 일을 혼자 다 할 수는 없다. 여럿이 나누어서 해야 할 경우도 있으며, 한 사람이 여러 가지 일을 할 경우도 있다. 모든 것은 자연스러운 것이며 역량에 따라 할 바가 정해져 있는 것이기도 하다.

다만 어느 일을 했느냐 안 했느냐보다 어떤 일이든 자신의 할 바를 다 하였느냐가 중요한 것이다. 하늘의 일은 귀천이 없다. 인간이 하고 있는 3만 8천 가지 일은 모두 인간이 해야 하므로 하고 있는 것이다.

더러는 인간으로서 상급에 속하여 그 이상이 불가한 경우도 있으며, 아주 하급에 속하여 그 이하가 없는 경우도 있다. 모두 필요에 의해서 인간 세상에 존재하는 것들이고 필요에 의해서 그 일을 하여 왔던 것들이다.

언젠가는 누구나 해야 하는 일들이며 누군가에 의해 시도될 일들이다. 자신이 할 수 있는 일을 자신이 하는 것은 더없는 영광이다. 자신의 일을 남에게 빼앗기지 않도록 해라.

알겠습니다.

수련과 또 하나의 일, 그것이 바로 나의 일이니라.

53

지구의 미래

인류의 미래는 장차 어떻게 되는지요?

모든 것은 정도正道로 가게 되어 있다. 정도란 모든 것이 바로 서는 것이요, 모든 것이 자기 자리를 찾아가는 것이다. 자기의 자리에 있지 않는 한 갈 곳이 없게 될 것이요, 자신의 자리에 있어야만 살아남을 것이다.

자신의 자리를 알기 위하여는 자신의 현재 위치를 알아야 할 필요가 있다. 현재의 위치가 자신의 자리라면 더 이상 찾을 필요가 없는 것이요, 현재 자신의 자리가 아니라면 자신의 자리를 찾아야 하는 것이다.

자신의 자리는 이 세상에 하나밖에 없다. 지금 자신의 자리에 있지 않은 모든 인류는 자신의 자리에 없음으로 인하여 다른 방법을 강구받게 될 것이다.

자신의 자리는 결코 둘이 아니며 하나인 까닭에 자신의 자리를 찾기는 결코 어렵지 않을 것이다. 마음을 가라앉힌 후 현재의 자리를 살펴보고 이상이 없는지 확인한 후 다시 앉도록 한다.

지금 자기 자리에 대한 인식이 없이 살고 있는 인류의 대부분은 도태될 것이며 자신의 자리에 있는 사람만 살아남을 것이다. 호흡으로 마음을 가라앉혀 자신의 자리를 확인하고 자리를 굳히도록 하여라.

자신의 자리에 있는 한 어떤 개벽에도 이상 없을 것이다. 후천을 대비하되 자신의 자리를 지킴은 가장 좋은 방법이니라.

알겠습니다.

수련은 자신의 자리를 찾는 가장 좋은 방법이니라.

지구는 앞으로 어떻게 변화되는지요?

상당한 변화를 겪을 것이다. 이 상태로는 후천을 맞이할 수 없으므로 후천을 맞이할 수 있는 준비가 필요한 것이며, 후천은 참다운 인간과 하늘의 세상이니 자신을 모르고는 섞여서 살아갈 수 없는 세계이기도 하니라.

이 정제 과정에서 일어나는 모든 일들은 인간들에게 크나큰 재앙으로 보일 것이나, 인간의 몸에 든 병을 고치는 것과 같이 자연스러운 현상이며 지구의 몸살과 같은 현상이니, 자신의 자리에 있는다면 큰 걱정을 할 일도 아니니라.

수많은 변화가 있으며 그 과정에서 많은 새로움이 있을 것이다. 사라지는 것보다 더 많은 생성이 있을 것이며, 밝음으로만이 생존의 의미를 찾을 수 있는 세상이 될 것이니라.

어떤 방향으로든 자신의 위치를 지키는 것은 가장 좋은 생명 연장의 방법이 될 것이니라. 자신의 자리는 사명을 다하는 자리이니라. 자신의 자리는 수련으로 알아지는 것이며 태어나기 전에 이미 가지고 있는 것이니, 어떤 것도 인간의 의지와 하늘의 뜻을 벗어나는 일은 있을 수 없는 것이다.

걱정할 것도 아니며 기대할 것도 없느니라.

알겠습니다.

54

수련 외의 일

사람이 하고 싶은 일이 있다. 해야 되므로 하고 싶은 일과 하지 않아도 될 일이 하고 싶은 경우가 있는바, 전자는 반드시 필요하나, 후자는 해도 그만 안 해도 그만이므로 이에 대한 구별이 필요하다.

수련은 일생에 한 번 할 수 있는 기회이며, 사명 역시 일생에 한 번 있는 기회이다. 이 두 가지를 제외한 다른 일들은 어떤 식으로든 채워도 무방하며, 오히려 다른 방법이 더 잘될 경우가 있다.

일상적인 일은 잘되는 방향으로 길을 잡으면 별로 빗나갈 염려가 없을 것이다. 수련이 뒷받침되고 다른 일에 진입하는 경우는 이미 중심이 잡혀 있으므로 크게 빗나갈 일이 아니나, 이런 뒷받침이 없고서 잘되는 방향을 택하는 것은 금방 함정에 빠질 염려가 있는 것이므로 삼가는 것이 도리이다.

어딘가 돌아올 것을 기약하고 길을 떠나는 것과 돌아올 곳을 기약하지 않고 길을 떠나는 정도의 차이가 있는 것이다. 사람은 마음

자리가 있어야 하며 마음자리가 있고서의 다른 행동은 허용이 되는 까닭이다. 길을 떠남에 유의해야 할 것이다.

알겠습니다.

언제나 조심은 아무리 지나쳐도 많지 않다.

55

자신의 일

사람은 항상 자신의 일을 해야 한다. 자신의 일이라 함은 자신이 해야 할 일이며 남이 해야 하는 일은 자신의 일이 아니다. 자신의 일은 자신만이 할 수 있으며 자신이 하였을 때 그 진가가 나타나는 일이기도 하다.

그 자신의 일은 오직 자신만이 가능하며 나로 인하여서만이 완성될 수 있는 일이다. 사람은 일생에 자신의 일을 하나씩은 가지고 나온다. 그 자신의 일을 찾았을 때 수련은 그 일과 더불어 양립하여 가속되게 되며, 그 일로 인하여 모두 완성이 가능하게 된다.

완성은 인간 그 자체는 물론이거니와 그 일까지도 완성되게 되는 것이다. 그 일이 완성됨으로써 인간은 보람의 의미와 일에서 벗어나는 최초의 즐거움을 맛보게 되는 것이다.

어떤 일을 지성으로 추구하되 중지함이 없으면 곧 끝을 보게 되어 있다.

그 끝은 자신만이 아는 부분에서의 일이요, 자신만이 느낄 수 있는 것이다. 그 완성이 왔을 때 참자신을 가다듬고 완성시킬 기반이 조성되는 것이다.

알겠습니다.

완성의 방법은 여러 가지가 있느니라.

56

부끄러움

사람의 일생은 짧다. 허나 한 가지 일을 하기에는 충분히 긴 시간이다. 어떤 한 가지 일을 하는 데는 그렇게 많은 시간이 걸리는 것이 아니며, 인간이 실제로 일을 하게 되는 30여 년간의 시간은 충분히 그 일을 할 수 있는 시간인 것이다.

인간이 원하지 않아서 그렇지 원하면 무엇이든 큰 발자국 하나를 남길 수 있다는 것은 이제까지 살아온 사람들이 증명하고 있다. 그 한 가지 일이 자신의 욕심에서 벗어나 있다면 두말할 것도 없는 것이다.

인간은 어떤 일을 하기에 충분한 시간을 가졌으나 실제로 사용치 못함으로 그 시간을 낭비하여 왔다. 낭비되는 시간은 줄일수록 좋다. 이제까지 보람으로 생활해 왔으나 앞으로 더욱 큰 보람으로 갈 수 있어야 한다.

헛살아온 것은 아니로되 좀 더 진실하게 살아감으로써 본성에 접근하여 부끄러움이 없게 되어야 한다. 부끄러움은 본성에 접근함에 있어 제거되어야 할 마지막 요소이다. 부끄러움이 없어야 한다.

알겠습니다.

부끄러움이 없어야 하느니라.

57

일은 감사의 대상

언제나 일이 사람을 기다리지 않는다. 사람이 일을 기다리고 찾아서 행해야 하는 것이다. 일이란 그렇게 되어야 하는 이치의 다른 표현이며 발전의 한 형태이다.

진화는 일로 이룩되는 것이며 그 일이 생존이 아닌 공영의 의미를 띨 때 보다 깊이가 있는 것이다. 우주는 원래 일로 시작되었으며 일로 지속되어 나간다.

일이 있음은 그 자체가 즐거움이요, 희망이요, 보람이니, 가장 감사해야 할 대상이기도 한 것이다. 일에 대한 감사는 아무리 많아도 지나침이 없다. 일은 육신 보존의 방식이며 인간 진화의 과정이며 우주 발전의 원동력인 까닭이다.

일은 무엇보다 인간에게 감사의 대상이며, 그 일이 어떤 분야를 창조하는 것일 때 더욱 보람이 있는 것이다. 창조는 상근기에서 가하다.

진정한 창조는 정신력의 지속적인 뒷받침이 없이는 불가하다.

정신력의 무한한 공급은 수련에서 찾도록 하라.

알겠습니다.

창조는 수련과 병행되어야 진정한 의미의 창조가 가하니라.

 58

시간은 고무줄과 같다

사람의 일평생은 짧다. 그러나 짧다고 해서 어떤 일을 할 수 없는 것은 아니다. 자신이 마음먹기에 따라 수천수만 가지의 일도 할 수가 있는 것이다. 매순간은 우리에게 일을 할 수 있는 시간이며, 결과를 확인할 수 있는 시간이고, 과정을 점검해야 하는 시간인 것이다.

시간은 인간의 의지로 정지시킬 수 있는 우주의 원리이다. 인간의 의지는 순간적으로 시간을 바꾸거나 정지시키는 것이 가하다. 이 바꾸거나 정지시킬 정도의 의지는 지금까지 역사를 바꾸어 온 의지들이다. 본인이 모르게 정지하여 사명자의 임무가 완수되기를 기다려 왔다.

많은 것 같아도 모자라며 모자라는 것 같아도 남는 시간은 참으로 인간이 이용하기에 따라 가장 편리한 무기인 것이다. 시간을 아껴 사명에 도움이 되도록 해라.

시간은 고무줄과 같아 한없이 늘어나기도 하고 줄어들기도 하는 것이니, 사용키에 따라 시간의 내용은 다른 것이니라. 지루할 시간이 없다.

알겠습니다.

59

진화는 인간의 목표

사람의 할 일이 정해져 있는 것은 아니다. 자신이 찾아서 해야 하며 그 자신이 찾아서 하는 일이 참으로 자신의 일인 것이다. 자신이 해야 할 일을 자신이 찾아서 할 수 있는 것, 그것이 참으로 해야 할 일인 것이다.

인간은 그 태어남에 있어 어느 정도 자신의 역할이 주어져 있다. 그 역할을 다 하면 한 번의 삶(인생)이 보람이 있는 것이요, 그 역할을 다 하지 못하면 일생이 보람이 없는 것이다.

보람의 의미는 우주를 위한 부분과 자신을 위한 부분이 있는바, 공통적으로 적용되고 그 모든 것이 일치될 때 진정 값어치가 있는 것이다. 하나하나의 일을 해나감에 따라 반드시 필요한 일을 찾아서 할 수 있어야 하며, 인간의 진화에 한 획을 그을 수 있는 신념과 용기, 의식이 있어야 한다.

매일의 일과는 이 진화에 초점을 맞추되 참된 영성의 진화이어야 하고, 이 영성의 진화로 인류의 진화가 되어야 한다. 인류의 진화는 우주의 진화가 되어야 하며, 우주의 진화에 연결되지 않으면 큰 의미가 없는 것이다. 자신이 찾아서 하는 참자신의 일, 그것이 자신의 일이니라.

알겠습니다.

60

마음의 힘이 진력眞力

모든 것은 때가 있다. 아무리 좋은 것도 때를 맞추지 못하면 그 좋은 것을 충분히 활용하지 못하게 되는 것이며, 아무리 나쁜 것도 때를 잘 활용함으로써 본래의 값어치를 찾아낼 수 있게 되는 것이다.

때란 시작과 진행과 끝의 시점을 말하는 것이니, 이 때의 알고 모름은 만사의 흥망과 관련되는 것이다. 때는 언제나 있는 듯 보여도 한 번의 기회가 있을 뿐이며, 그 한 번의 기회가 오기까지 충분한 힘의 비축을 필요로 한다.

힘은 만사의 추진 근원이며 만사의 해결 방법이며 만사의 결과를 재가동시키는 원인이 되는 것이다. 인간이 아무리 아는 것이 많아도 힘이 없으면 소용이 없으며, 이 힘도 허력이 아닌 진력이어야 하는바, 근육의 힘은 허력이며 마음의 힘이 진력인 것이다.

근력은 일인 이상의 힘이 불가하나 심력心力은 수천수만은 물론 온 우주와도 동일시될 수 있는 것이니라. 심력의 확보는 수련에서 나온다. 심력을 길러 때에 대비토록 하라.

알겠습니다.

심력이다. 심력이니라.

61

사명과 소명

사람이 살아가면서 반드시 해야 하는 일이 있으니 그런 일이 있는 경우를 사명이라고 한다. 사명은 있는 사람과 없는 사람이 있으니, 있는 사람은 수천만 중의 하나이며 대개가 없는 사람들인 것이다.

사명이 아닌 경우는 소명이라고 하여 자신의 일을 하게 되는 경우이다. 사명은 천하와 우주를 위한 일이며, 소명은 자신의 자리에서 자신의 일을 하는 것이다.

이 자신의 일만 똑바로 해도 우주에서 필요로 하는 일을 어느 정도는 한 것이 되나, 대개 자신의 일도 올바로 하지 못하므로 그 기대조차 저버리게 되는 것이다.

자신의 일을 올바르게 처리하지 못하면서 사자使者인 듯 행동하는 것은 옳지 않다. 사자는 이미 자신의 일을 완벽하게 처리한 이후 단계의 인물인 것이다.

자신의 일 이후에 천하와 우주의 일이 있지, 자신의 일도 처리하지 못하면서 우주의 일을 처리할 수는 없는 까닭이다. 사명을 받기 위하여는 우선 자신의 일을 올바르게 하여야 할 필요가 있느니라.

알겠습니다.

현실에 충실하면 사명도 발견하게 되는 것이니라.

62

하지 않아야 할 일

사람은 각자 자신의 일을 하면서 살아간다. 자신의 일은 대개 정해진 경우가 많으나, 그렇지 않은 경우 자신이 정해가면서 가는 경우도 있다. 일이란 반드시 해야 하는 것이며 때로는 안 하는 것이 자신의 일인 경우도 있다.

안 해야 하는 것을 선택하는 것은 더욱 어렵다. 하는 것은 아무나 선택할 수 있으나, 안 하는 것은 아무나 선택할 수 있는 것이 아니며, 해야 할 일은 알아도, 하지 않아도 되는 일은 다 알지는 못한다.

해야 하는 일과 안 해야 하는 일 중에, 해도 그만 안 해도 그만인 부분이 있기 때문이다. 어떤 일을 안 해도 된다 함은 안 해야 됨과 차이가 있다. 안 해야 하는 일은 그 안 하는 것이 그 사람의 본분에 맞는 일이요, 그 이상 잘하는 것이 없기 때문이다.

일생에 해야 할 일과 안 해야 할 일이 있으니, 해야 할 일은 자신의 일이요, 안 해야 할 일은 남의 일이다. 자신의 일 중에 타인을 돕는 부분이 포함된 경우와는 다르며, 가급적 타인의 일에 끼어들지 않는 것이 도와주는 경우도 있는 것이다.

알겠습니다.

자신의 일에 충실함이 타인을 돕는 길이니라.

63

본분을 지키는 일

사람이 해야 할 일 중에 가장 중요한 것은 자신의 본분을 지키는 일이다. 자신의 본분이라 함은 평소 자신이 해야 하는 일을 가리키는 것으로 그 일을 함으로써 자신이 형성되어 나간다.

자신의 형성은 다음 단계로의 발전에 필수적인 과정으로서, 이 단계를 밟아 나가면서 인간은 점차 역량을 키워 나가게 된다. 역량의 확대는 본분의 확대를 가져오며, 본분의 확대는 인간의 크기를 크게 하므로, 점차 모든 것을 내부에 담을 수 있게 된다.

최초 자신의 일과 타인의 일을 구별하여 처리함으로써 자신의 일만을 알아 자기를 형성한 후, 그 자신이 처리해야 하는 범위 내에 있는 일들을 확실히 처리함으로써 자신을 키워가는 것이다.

자신의 성장은 수련과 함께 진행될 때 참된 의미가 있으며, 수련으로 심기가 조성되지 않으면 자기 자리가 아닌 남의 자리에서 크게 되므로 실상 큰 것 같아도 큰 것이 아니니, 이 경우 인간은 후에 가장 큰 허탈감을 가지게 되는 것이다.

자기 자리에 쌓는 한, 인간은 아무리 크게 쌓아도 잃을 일이 없으며 따라서 허탈해질 일도 없고 영원히 자신의 것이 되는 것이니라.

알겠습니다.

64

순리로 풀라

세상의 모든 것은 순리로 풀어야 한다. 순리는 그 자체가 우주의 원리이며 만 가지 부조화의 교정 작용이기도 하니라. 순리는 가장 무서운 원리이며 자체가 막강한 치유 기능을 가진 힘이고 어느 것도 가능케 하는 힘인 것이다.

모든 것은 순리로 가능하며 순리로 불가하기도 하고, 순리로 상승하기도 하며, 순리로 하강하기도 한다.

순리는 인간뿐 아니라 만물을 지배하는 원리이니, 이 순리에 역행하면 천벌이 되는 경우가 있는 것이니, 천벌이란 꼭 벼락으로 오는 것이 아닌 가벼운 천벌도 있는 것이니라.

인간사의 모든 일들은 스스로 자정하는 힘이 있어 어느 정도는 교정이 가하나, 이 범위에서 벗어나 있을 경우 하늘의 간섭이 초래되고 극단적 형태로 나타나게 되는 것이다.

하늘은 순리를 바라나 인간이 역리를 행하므로 벌을 초래하는 것이다. 모든 것은 때가 있으니 무리하지 않고 때를 택하여 처신토록 하라.

알겠습니다.

때는 온다. 반드시 오는 것이 때의 묘미인 것이니라.

65

확신은 100%의 힘

사람이 해야 할 일은 자신의 일이다. 이 자신의 일이 때로는 남의 것처럼 생각되기도 하는데, 남의 것처럼 생각되어도 나의 일이 있고 나의 것처럼 생각되어도 남의 일이 있다.

이 구별은 참수련에 들기 전에는 잘 구별이 되지 않는 것이며, 참수련에 든 이후에야 구별이 가능한 것이다.

대개의 인간들이 참된 자신의 일을 한두 가지씩 가지고 태어나는바, 수련으로 확인된 상태하에서는 이 일을 믿고 추진할 수 있으나, 그렇지 않은 상태에서는 확신을 가지고 추진하기가 어렵게 된다.

확신은 일의 추진에 가장 중요한 요소이며, 불가능을 가능으로 만들기도 하고 가능을 불가능으로 만들기도 한다. 확신이 100%에 이르렀을 때, 인간은 그 자체가 이미 신화를 이룩한 것이다.

100%의 확신은 본인이 이룩할 수 있는 어떤 것보다 값진 것이며, 그 자체로서 이미 무한한 힘의 근원에 연결이 된 것이다.

확신으로 가면 못할 것이 없다. 매사는 확신의 범위에서 가능한 것들이다.

알겠습니다.

수련으로 가능한 분야를 찾아서 확신을 찾도록 해라.

66

쓸데없는 것들

이 세상의 모든 일들은 다 쓸데없는 것들이다. 오직 나의 일, 나의 일만이 존재 가치가 있는 것이다. 나의 일을 다 이루어내기 전에는 다른 것들은 모두 쓸데없는 것들인 것이다.

가장 쓸데없는 것은 가장 큰 유혹이며 가장 큰 유혹은 가장 필요한 것이기도 하다. 필요하다고 느껴지는 것과 진실로 필요한 것은 다르다. 진실로 필요한 것은 참나를 채우는 일이다.

참나를 채우지 않고는 어떤 일도 진실로 필요한 것인지 여부를 가릴 수 없는 것이다. 일상생활에서 필요한 것처럼 느껴지는 것은 모두 어지러움의 근본이요, 대상이니, 이 모든 어지러움을 뚫고 다시 그 안을 보았을 때 참으로 필요한 것들이 보이는 것이다.

인간은 마음이 있음으로 인하여 벗어날 대상이 생기고, 그 대상이 나와 일치하므로, 나를 벗어남으로써 곧 모든 것을 벗어나게 되어 있다. 참으로 필요한 것은 나를 찾아내는 것이니라.

67

사람다운 사람

사람이라고 모두 사람이 아니다. 사람다워야 사람인 것이며 사람답지 못하면 사람이라고 할 수가 없는 것이다. 사람답다 함은 생각이나 행동이 사람과 같이 행해져야 함을 뜻하는바, 사람답기 위해서는 생각이나 행동을 사람답게 하기 위해 노력해야 한다.

여기서 사람이라 함은 호흡이 가능하고 우주의 의미를 아는 인간을 말하는바, 사람이 모두 사람이 아닌 이유가 여기에 있다. 우주의 의미는 또한 '나'의 의미와도 같으니, 나를 제외하고 사람을 논할 수 없으며, 우주 또한 논할 수 없고, 또 논한들 실익이 없다.

실익이란 자신과의 일치, 즉 '아화我化'를 말하는바, 아화가 불가하다는 것은 곧 실익이 없음을 뜻하는 것이기도 하다. 모든 것이 실익이 있어야 하며, 이 실익이 있고서야 사람의 명부에 등재가 되는 것이다.

인간의 몸을 받아서 사람이 되는 것이 수련의 과정이자 또 하나의 목표이기도 하니라. 사람이 되어야 한다.

68

두려움과 실패

모든 일은 확인이 필요하다. 확인이란 어떤 일에 대한 중간 점검이며 개개의 조건에 대한 확인이다. 하나하나의 모든 일들은 점검이 필요하며 이 점검 과정에서 이상이 생기면 반드시 처음부터 다시 할 것을 요한다.

미심쩍은 것의 방치는 차후 큰일의 놓침을 의미한다. 한 가지 한 가지 눈에 보일 때 차분히 확인하여 실수의 여건을 사전에 방지토록 하라. 매사는 언제나 실패할 확률이 있는 것이요, 중간중간 고비를 넘길 때마다 점검이 필요한 것이니라.

인간의 일은 변수에 의해 발전이 있고 지체도 되는 것인바, 지체됨은 좋게 보면 후에 강하게 도약이 가능한 발판이 되는 것이니라. 인간사에 두려움과 실패는 가장 좋은 수련 요소이니, 매사를 게을리 함이 없도록 하여 확실히 처리하면 그 이상의 방법이 없는 것이니라. 수련에서의 선생은 바로 자기 자신이며 가장 큰 가르침은 일상사에서 나오는 것이니라. 자신이 모두 가르쳐주는 것이니라.

69

아화我化

언제나 모든 것이 여의치는 않다. 부족한 것이 있기 마련이며 그 부족한 것이 있는 부분을 우리는 도道로 채우게 된다. 따라서 많이 비울수록 도로 채울 수 있는 부분은 늘어나게 되는 것이다.

허나 일정 부분은 채우지 않아도 되는 부분이 있는바, 그것은 바로 자신의 마음으로 채워야 할 부분이다.

도는 우주이고 자신의 마음도 우주이니, 같은 것 같으나 자신의 마음은 아직 완전히 우주화하지 않은 부분이 상당히 섞여 있는 것이요, 우주 자체는 완전히 '탈脫아화我化'한 것이 되므로 다른 것이다.

인간은 각자 아화의 필요성이 있다. 이 아화의 필요성은 자신을 만들어가는 과정에서 지침으로서 절대적인 것이며, 아화 없이는 모든 것이 허상이 되므로 자신이 없어지게 된다.

아화는 자신을 확립시키기 위해 필요한 과정인 것이다. 아화에의 성공은 곧 도의 진입에 성공하였음을 뜻하는 것이기도 하다. 여

의치 않은 부분을 도로 채우다 보면 아화에 진입하는 것이다.

알겠습니다.

아화는 도의 첩경이니라.

70

천도天道

사람으로 반드시 걸어가야 할 길이 있으니 이를 천도天道라고 한다. 천도는 그 사람에게 해당되는 것이며 타인에게는 해당이 없기도 하고 모두에게 공통적으로 해당되는 부분이 있기도 하다.

이 천도에 들었다 함은 일단 인간이 되었다 함을 나타내주는 것이니, '참인간'은 신보다 위에 존재하며 우주와 동일체가 가능한 사람을 말한다. 이 참인간의 천도는 모든 것을 모아 이끌어 나가며, 그 추진력은 온 지구를 끌어갈 수 있는 힘을 지니고 있는 것이다.

천도는 인도人道이며 인도는 천도이고, 천도는 심도心道이며 심도는 천도이고, 천도는 누구에게나 해당이 되면서도 일차적으로(직접) 해당되느냐 이차적으로(간접) 해당되느냐에 따라 하고 싶은 일이 다르게 된다.

일차 해당자는 수련이 목적이요, 이차 해당자는 수련을 하며 다른 일을 해야 할 것을 요한다.

일차 해당자는 수련을 위한 일이요, 이차 해당자는 일을 위한 수련이니, 공과는 모두 동일하나 순서와 방법이 다른 것이니라.

알겠습니다.

71

일의 순서

모든 일을 함에는 순서가 있다. 우선 자기 자신을 만드는 것이요, 둘째, 자기 자신을 만든 후 일을 찾는 것이요, 셋째, 일을 찾은 후 그 일을 실행하는 것이요, 넷째, 그 일이 잘되었는지 확인하는 것이다.

어떤 일은 언제나 사람에 의한 추진이 필요하다. 사람은 그 자체가 사람이 아닌 마음의 표현체로서 마음이 그 행동 하나하나를 통하여 나타나게 되어 있는바, 이 마음이란 것이 곧 우주이기 때문이다.

우주는 그 자신의 발전 지향적인 의사 표현을 자신의 부분을 통하여 하게 되어 있는바, 자신의 부분은 만물이 모두 포함되나 의지에 관한 부분은 인간과 같이 고도의 영성을 발휘할 수 있는 부분으로 표출되는 것이다.

인간은 그 자신이 소우주로서 우주의 일부를 이루며, 그 우주의 일부를 이룸으로써 자신의 뜻을 성취할 수 있게 되는 것이다. 인간은 만물을 통제하는 권한을 함께 가지고 있으나, 작금의 상태는 자신의 본래 능력까지도 소멸되어 가고 있어, 수련으로 본래의 위치를 찾을 것을 요한다.

모든 인류의 마음터(심기)가 바로 서면 그 이상 조화로운 것을 볼 수 없을 것이다.

알겠습니다.

72

평범과 비범

사람마다 하고 싶은 것이 있다. 이 하고 싶은 것은 꼭 해야 되는 것과, 하지 않아도 되는 것을 하고 싶은 것으로 구분된다. 자신의 마음에 중심이 잡혀 있다면 꼭 해야 할 일만 하고 싶을 것이요, 중심이 잡혀 있지 않다면 하지 않아도 되는 것을 하고 싶을 것이다.

하고 싶은 것과 해야 할 일은 그 자체가 중복되는 경우도 있으나 중복되지 않는 경우도 있다. 이 하지 않아도 될 일을 하고 싶은 경우에는 범인으로서 구분이 되지 않을 것이나, 수련생으로서라면 해야 할 일을 하고 싶도록 자신이 바꾸어 나갈 수 있다.

평범과 비범의 차이는 하고 싶은 일을 어떻게 구별하느냐에 달려 있으며, 수련생은 하고 싶은 것 중에서 해야 할 일을 구별해냄으로써 자신을 형성해 나갈 수 있다.

자신은 마음으로 행동으로 표현되는 것이며, 이 표현되는 근본이 중심이 잡혀 있어 흔들림이 없어야 한다. 내가 흔들리면 주변에서 흔들지 않아도 흔들리는 것처럼 보이는 것이다.

73

뜻이란

사람이 큰일을 하기 위해서는 큰 뜻이 있어야 한다. 큰 뜻은 큰 마음에서 나오는 것이며, 큰 마음은 자기 자신을 알고 자신自身을 자신自信으로 채웠을 때 나오는 것이다.

큰 뜻은 자신이 비어 있을 때 나올 수 있는 것은 아니며, 도의 길을 가는 사람이 자신을 채운 후 한번 생각해 볼 수 있는 것이다. 인간의 작은 생각을 뜻이라고 할 수 있는 것은 아니며, 인간의 의사가 방향을 정하여 의지화하였을 때 그 쪽으로 향하는 마음의 향방을 뜻이라고 하는 것이다.

뜻이란 작아도 값어치 있는 것이며, 이 뜻이 있으면 마음이 움직여 길이 만들어지고, 이 마음의 길을 걸어가는 것을 '도'라고 하며, 이 길을 함께 가는 사람을 '도반'이라고 하는 것이다.

뜻은 마음이 방향을 정하여 굳어진 후 나아가는 것이니, 이 뜻의 강하고 약함은 또한 자신의 마음먹은 바와 관계가 있는 것이다. 언제나 자신이 뜻한 바는 수련에 연관지어 생각함으로써 돌파력이

나올 수 있다.

수련은 인간의 뜻에 힘을 배가해주는 핵심적인 역할을 한다. 호흡이니라.

알겠습니다.

호흡으로 뜻을 밀고 나가라.

74

분수

사람이 할 수 있는 일은 정해져 있다. 이 일을 알아서 그만큼 하는 것을 분수라고 하며, 더도 덜도 말고 그만큼 하는 것이 필요하다. 어떤 사람은 상당히 많은 일을 해야 하며 어떤 사람은 거의 일을 하지 않고 있는 경우도 있으나, 모두 대개의 정해진 법칙대로 가고 있는 것이며, 현재의 자신의 위치에서 벗어나 상급의 위치로 옮기는 것도, 국외자의 입장에 서서 바라보는 것도 모두 수련으로 가능한 것들이다.

상부로 위치를 옮기면 자기 자신도 그 안에 있는 것이요, 벗어나면 모두 자신이 안아야 하는 것이니, 모두 내 문제가 아닌 경우는 없는 것이나, 바라보는 시점이 다소 더 넓으냐 좁으냐로 바뀌는 것이다.

사람에 따라 해야 할 일이 상당히 큰 경우가 있으니, 영혼에 묻은 때를 벗겨주는 일이다. 이 작업은 아무나 손댈 수도 없고 손대도 할 수 없는 것으로서, 본성에 접근이 가하고 본성을 지득知得한 경우에나 가능한 것들이다. 본성은 가장 큰 지침인 것이다.

알겠습니다.

본성은 불가능이 없다.

75

우주의 사랑

항상 모든 것은 즐거운 것이다. 어느 하나 소홀히 할 수 있는 것이 없으며, 몸이 아프고 마음이 우울한 것까지도 하나하나 사랑스러운 것이다.

사랑이란 우주의 가장 한가운데를 이루고 있는 심의 중핵으로서, 거기에서 모든 따뜻함이 배어 나온다.

포근하고 따뜻하며 은근한 기운으로서, 인간의 마음에서 그 기운에 가장 가까운 것이 어머니의 마음이나, 무조건적이 아닌 엄격한 조건이 있는 것, 즉 올바로 살아야 한다는 조건이 있다.

이 조건은 반드시 도덕적으로 지켜야 하는 것, 정正의 방향이 아닌 전체적으로 평가했을 때 다소 부否의 방향일지라도, 큰 흐름이 정의 방향으로 향할 것을 요한다.

수련은 우주의 흐름에 동참하는 것으로서, 모든 것이 정의 방향으로 전개된다. 정의 방향은 발전이며 우주와 자신의 발전이다. 큰 사랑으로 둘러싸여 정확한 판단으로 진행되는 발전인 것이다. 모든 것이 정의 방향으로 진행될 때 우주의 발전과 자신의 발전은 가속되는 것이다.

알겠습니다.

사랑은 그 자체가 우주의 본심이니라.

76

자살은 죄인가

자살은 어떻게 생각해야 하는지요?

죄이다. 본인이 자신의 할 일이 남아 있음을 알 수는 없다. 자신의 힘으로 할 수 있는 일이 끝나면 남에게 일을 시키는 것이 남아 있으며, 남에게 일을 시키는 것까지도 끝나야 돌아가게 되는 바, 그 시점이 바로 자연 수명이 끝나는 시점인 것이니라.

명은 이미 자신도 모르게 주어지는 것이 있음이니, 그것이 곧 수명이고, 일에 관한 것은 사명이며, 내 것만은 소명이니, 수명은 자연 상태 그대로 감으로 할 바를 다하는 것이니라.

미리 당김은 아직 일이 남아 있음을 나타내주는 것이니라. 죄이다. 결코 후생이 보장되지 못한다.

77

옥玉의 효과

옥석玉石은 어떤 효과가 있는지요?

자연 그대로의 기운이 보존되도록 해준다. 주변의 인공 기운을 차단하고 기운의 흐름을 부드럽게 해주는 것이니, 기운이 억지로 흐르는 것을 막아 주변이 조화되게 해주는 것이니라.

상태에 따라 상당한 효과가 있는 것도 있으나, 모든 옥들은 거의 그런 효과가 있고 부분적으로 특수한 경우도 있어 애용되고 있다. 옥돌이 있으면 인공 기가 많이 차단됨은 자연 기운의 기류 촉진 작용에 의한 것이니라.

78

잃는 기술

사람이 일생에 할 수 있는 일은 정해져 있다. 그 일을 다 한 것만으로 그 사람은 태어난 값어치가 있는 것이며 그 생의 몫을 한 것이 된다. 한 번 태어난 이후 그 생의 몫을 다 하기란 자신의 본분을 알지 않고는 힘들다.

자신의 본분이란 때를 잃지 않고 적시에 적당한 만큼의 일을 처리하는 것으로서, 그 일의 처리에 늦지 않음이 때를 지킴이요, 그 때 처리해야 할 일을 그만큼 하는 것이 양을 지킴이니 이 두 가지에서 약간의 오차는 인정되나 큰 오차는 인정되지 않는다.

수련은 우주의 리듬을 읽게 되므로 그 때와 양을 적당히 조화시켜 처리할 수 있도록 해주며, 이 적당한 때와 양의 준수는 큰 발자국을 내디딜 수 있는 밑거름이 되는 것이다.

인간으로서 얻는 것만이 아닌 잃는 것도 때로는 해야 하는 일이며, 잃되 발전적으로 잃어야 하는 것이다. 잃고 퇴보하면 얻을 것이 없으나, 잃고 전진하면 두 발자국을 나간 것과 같아, 얻는 것보다 잃는 것이 또한 기술인 것이다.

알겠습니다.

얻고 잃음의 조화는 수련의 가장 중요한 맥이니라.

사랑이란 우주의 가장 한가운데를 이루고 있는
심의 중핵으로서, 거기에서 모든 따뜻함이 배어 나온다.
포근하고 따뜻하며 은근한 기운으로서,
인간의 마음에서 그 기운에 가장 가까운 것이 어머니의 마음이나,
무조건적이 아닌 엄격한 조건이 있는 것,
즉 올바로 살아야 한다는 조건이 있다.

79

수련의 방법과 내용

사람의 한평생은 짧다. 간신히 한 가지 일을 할 수 있는 정도의 시간이며, 부지런하지 않으면 한 가지 일도 못하고 떠나게 되므로 윤회가 필요하게 된다.

동일한 조건에서 반드시 동일한 결과가 나오는 것은 아니므로 인간은 변수의 지배를 받게 되어 있으며, 그 변수는 역시 인간에 의해 좌우된다.

보통 인간이 할 수 있는 일은 한 가지를 넘지 않으며 이 한 가지만 성실하고 꾸준히 하면 어느 정도의 단계에 도달할 수 있는바, 자신만의 깨달음으로도 윤회는 벗어날 수 있다.

뜻을 펴는 것은 이후의 일이며, 그 뜻이 모든 인간에게 전파되든 한 인간에게 전파되든 결과는 동일한 것이며, 중요한 것은 자신의 경험을 타인에게 전달하여 후임 과정을 약간이라도 단축시킨다는 데 그 의미가 있는 것이다.

자신의 경험은 반드시 기록으로 남겨 후세에 전달하는 것이 필요하며, 이 기록을 일반인이 알기 쉽도록 재편하는 것도 또 하나의 일이니, 이것 역시 득도의 한 방편이 되는 것이니라.

알겠습니다.

사람마다 수련의 방법과 내용이 다르다.

80

회갑의 의미

인간에게 있어 회갑이란 어떤 의미가 있는지요?

회갑은 천수를 누렸음이니 그 후의 인생은 덤으로 받은 것으로 생각하여 무리가 없는 것이다. 인간으로 태어나 회갑을 맞이함이 수명의 정량이요, 그 때까지는 남을 위해 사는 것이 자신의 길이다.

그 이후는 자신을 위해 생활할 수 있는 기간이며, 참으로 자신의 길을 가볼 수 있는 기간이기도 하다. 인생은 짧고 다시 돌아오기 어려우며 남아 있는 날들은 소중하니 모든 면에서 촌음을 아껴 쓸 수 있어야 한다.

한없이 늘일 수 있으면서도 또한 한없이 짧기도 한 것이니, 자신의 평생이 이승의 구성 요소로서 존재할 뿐 한 번도 자신의 삶을 찾아보지 못하고 가는 것은 가장 불행 중의 불행인 것이다.

자신을 앎이 가장 큰 행복이요, 자신을 모름이 가장 큰 불행인 것이다. 인간은 원래 이 세상의 구성 요소로 태어나는 것이니, 그

것은 바로 자각의 시초인 것이다.

자각은 성장하여 크게 될 때까지 수없는 시험에 들어 그 자신감을 확인당하게 된다. 자신감을 잃으면 모두 잃는다.

알겠습니다.

81

인간과 우주의 차이

하늘은 공정하다. 결코 인간의 노력을 헛되이 함이 없다. 한 만큼, 노력한 만큼 거두게 되어 있는 것이 인간 세상의 법칙이며 우주의 법칙이기도 한 것이다. 하늘의 법칙은 인간의 법칙보다 정확하며 어긋남이 없어, 언제나 인과의 원칙 위에서 매사를 진행하며, 하나하나의 인과가 모두 정법에 의하여 행해진다.

모든 결과는 하나의 과정이며 그런 과정이 모여서 일생을 결산하게 된다. 한 사람의 깨달음은 작게는 한 사람의 각覺이나, 크게 보면 우주의 각이며 우주의 변화인 것이다.

인간은 그 자체 그대로 있으면 인간이요, 깨달으면 곧 우주이니, 우주로 있으면서 우주의 일을 함과 인간으로 있으면서 인간의 일을 하는 것과는 너무 큰 차이가 있는 것이다.

수련 노력은 의지이며 의지는 곧 우주를 향하는 마음의 방향을 가리키는 것이니, 작은 것에서 찾지 말고 큰 것을 향해 나아가면 성취는 이미 내 안에 들어와 있는 것이니라.

 82

내 일을 아는 것이 본성

사람은 사람이 해야 할 일을 함으로써 비로소 사람이라고 할 수 있다. 어떤 느낌이나 생각만으로 또는 단순한 행동으로 사람이라고 생각함은 스스로 인간화함에 별 도움이 되지 않으며, 자신이 인간의 행동을 하므로 비로소 인간이라고 할 수 있다.

인간의 마음은 행동으로 표현되는 것인바, 행동은 마음이 뒷받침된 행동으로 나와야 그 값어치가 인정되는 것이다.

인간은 모두 인간이되 스스로의 위치를 확인하고 그 위치에 합당한 생각을 하며 그 생각에 합당한 행동을 하는 것, 그것이 인간의 도리이며 그 도리가 마음이 흘러가야 할 길인 것이다.

인간의 마음은 본성을 추구하되 그 본성은 자신의 본래의 모습이며 스스로 자정할 수 있는 능력을 가진 활성체이니, 본성과의 교류가 가능하면 매사가 크게 어긋날 일이 없는 것이다. 본성은 멀리 있지 않다. 내 할 일을 아는 것, 그것이 본성의 일인 것이다. 사람의 할 바는 내가 해야 하는 것을 함으로써 나에게서는 끝나게 되는 것이다.

83

나는 나의 일로 확인된다

모든 인간들은 자신이 해야 할 합당한 일이 있다. 그 일은 일견 남의 일 같아 보이면서도 내가 해야 할 나의 일인 것이다. 내 일과 남의 일의 구분은 나를 찾는 데 가장 중요한 요소이다.

내 일 같아 보이는 남의 일과 남의 일 같은 나의 일의 구분은 가장 필요한 구분 중의 하나이며 또한 가장 해결해야 할 일 중의 하나이기도 하다.

인간은 스스로 어떤 일을 가지고 있다. 이 일은 반드시 해야 하는 자신의 일인바, 대개 자신의 일을 찾지 못하므로 자신의 할 바를 놓치는 경우가 있는 것이다.

자신의 확립에 가장 중요한 요소 중의 하나가 자신의 일을 찾는 것이며 자신의 일을 함으로써 나를 확립시켜 나가게 된다. 나의 확립은 수련에 있어 가장 중요한 일이며 또한 가장 큰 관문이기도 하다.

이 관문을 통과하지 못하면 다른 수련도 진도가 없기 마련이며,

이 관문이 있는지도 모르고 넘어가면 그 다음 수련은 안 한 것과 마찬가지가 되는 것이다. 나이다. 나의 확립이 필요한 것이다.

알겠습니다.

나는 나의 일로 확인되어지는 것이다.

84

스승의 역할

본성이 있는 곳 그곳이 자신의 자리이다. 본성이 모두 우주이긴 하나, 우주라고 모두 같은 것이 아니며, 근기는 자신의 위치에 따라 결정된다. 출생 이전의 우주는 원래 자신의 모습이며 또한 가야 하고 도착하여 발전시켜야 할 모습이기도 한 것이다.

인류는 모두 우주 내에서의 자신의 위치를 가지고 있으며, 그 위치에까지의 도달이 일차 목표이며 그 위치에서 더욱 발전시킴이 이차 목표인 것이다.

인류의 기원은 우주였으며, 그 우주의 어느 한편에서든 한가운데서든 자신의 자국이 있기에 인간으로 태어난 것이며, 인간으로 태어나 수련의 인연이 닿은 이상 자신의 길을 따로 갈 수 있어야 하는 것이다.

섞여 가도 내 길이 있고 따로 가는 듯 보여도 섞여 가는 방법이 있다. 항상 자신은 홀로 서는 것이며 홀로 서기까지 스승의 도움이 필요한 것이다. 스승의 역할은 독립을 위한 보조자적 위치에 있는 것이며 궁극적인 목적인 독립과 독립 후의 발전은 모두 자신의 몫인 것이다.

본성은 독립체이다. 독립체이면서 혼합체인 것이다.

알겠습니다.

85

가장 필요한 것이 유혹

원래 하늘은 그냥 사람을 내는 법이 없다. 어떤 일이든 할 일이 있으니 사람을 내는 것이며, 태어난 이상 그 일을 완수해야 돌아갈 수 있는 것이다. 그 일을 완수하지 못하면 돌아가도 갈 곳이 없으니 허공에 떠돌다 다시 돌아오는 신세가 되는 것이다.

어떤 일은 아주 하잘것없는 경우도 있고 너무나 대단한 경우도 있으니, 모두 자신의 능력에 맞게 주어져 있는 것이나, 인간이 본성을 만나지 못하므로 분수를 파악지 못하여 일을 저지르게 되어 있는 것이다.

악역은 그 자체가 하늘의 뜻이므로 그 일을 완수하면 자신의 자리로 돌아갈 수 있으나, 본인의 자의에 의한 악역은 갈 곳이 없게 된다. 인간은 항상 주변에 유혹이 있고 그 유혹에 넘어가지 않도록 가르침을 받아왔는바, 본성이 흐리고 구별이 되지 않아 어둡게 되고 마는 것이다.

가장 큰 가르침은 가장 필요한 곳에서 가장 큰 유혹으로 오는 경우도 있으니, 가장 필요한 것을 멀리할 수 있으면, 어느 정도 기본적인 공부는 된 것이라고 할 수 있느니라.

알겠습니다.

가장 필요한 것을 멀리할 수 있어야 한다.

86

자유 의지

사람의 일은 기氣를 본다고 알 수 있는 것이 아니다. 기는 표면적인 것일 뿐 그 내부에 있는 명命에 관계된 것을 풀어야 알 수 있다. 명은 인간의 마음을 통제하고 있는 절대 요소이다.

이 명으로 인하여 인간은 생로병사의 운을 타고 났으며, 생로병사의 운으로 인하여 기타의 각종 조건들이 이들과 함께 하게 된다. 우주는 큰 문제에 관하여 규정을 하고 있으나 작은 점에 관하여는 본인에게 맡기고 있다.

70% 정도의 사전 규정과 30% 정도의 자신의 마음에 의지되어 있는 것이다. 자신의 마음이 본우주에 연결되면 100% 합일이 되나, 평범한 인간일 경우 30% 정도의 예외 범위 안에 들어가므로 자신도 모르는 예측 불가의 일이 생기는 것이다.

인간이라고 모두 인간이 아니며 인간이 되기 위하여 노력함으로써 참인간이 될 수 있다.

참인간에 가까워질수록 우주(심)의 스케줄에 자신을 등록시켜

놓게 되는 것이다. 수련은 참인간이 되는 길이다.

알겠습니다.

호흡이다. 호흡은 곧 우주화의 지름길이니라.

87

인간은 완성체

언제나 주변의 여건은 일정하다. 모두 한결같이 자신의 스케줄대로 가고 있되 내가 변하고 있는 것이다. 변하는 것은 나 자신이요, 발전적인 변화이다.

본성이 깨이지 않으면 발전이 아니요, 본성이 깨여도 닦이지 않으면 아니며, 닦여도 깨닫지 못하면 아닌 것이다. 인간은 그 자체로서 이미 완성체이다.

인간은 모든 것이 자신의 내부에 완비되어 있는 완성체이나 본인이 그 사실을 깨닫지 못하므로 미완성품인 것으로 인식하는 것이다. 생각의 부족은 스스로 미완성임을 확인시켜주는 것으로서, 자신에 대한 자신自信은 자신을 완성시키는 가장 결정적인 열쇠가 되는 것이다.

인간의 생각은 원래 하늘 이상 단계의 소관이었으나, 본우주에서 나뉘어 주입됨으로써 모두 완성의 가능성이 구비되게 된 것이다. 이 세상은 불완전하되 인간만이 완전의 가능성을 가지고 있는 것이다. 그 가능성의 확인과 성취 방법은 수련이요, 그 중에서도 호흡이다.

알겠습니다.

호흡은 만사형통의 수단이니라.

88

자신의 완성은 자신만이

하늘은 사람을 버리는 법이 없다. 사람이 스스로 자신을 버리는 것이다. 인간은 원래 마음에 의해 모든 것이 결정되므로 자신이 마음먹기에 따라 나아가는 방향이 정해지는 것이다.

선천적으로 타고난 기질이 80%를 좌우하더라도, 나머지 20%만 가지고도 얼마든지 자신의 완성을 위하여 올바르게 걸어갈 수 있는 것이다. 인간에게 있어 선천은 태어나기 전이요, 후천은 태어난 후이니, 그 전환점에서 어떤 조건(환경)을 만나느냐 하는 것 역시 자신의 선천에 달린 것이다.

그 선천의 조건 역시 자신의 선선천에 달린 것이며, 후천의 조건 역시 자신의 선천에 달린 것이니, 하늘 위의 인간이 천하의 지상에서 일생을 보냄은 공부 외에 더 이상의 목적이 없는 것이다.

모든 조건에서의 탈출은 본인만이 가능하다. 자신을 완성시킬 수 있는 유일한 대안은 자신이며 자신이 변하지 않는 한 타의 어느 누구라도 자신의 완성은 불가하니라. 우주도 한 인간을 완성시키지 못한다.

 89

자유의 씨앗

사람은 사람에 의해 완성되어진다. 사람은 곧 자신이 완성체가 될 가능성을 지니고 있는 상태이므로 그 자신에 대한 인식만 있으면 모든 것이 가능해지는 것이다.

그 인식의 틀을 깨는 것이 각覺이며, 그 틀을 깨고 나오면 자유가 있는 것이다. 자유란 몸보다 마음이 자유로워야 자유인 것이다. 인간으로 있으면 몸은 원천적으로 범위의 문제가 있을 뿐 부자유스러운 것이므로, 마음이 자유로워야 자유인인 것이다.

대개 마음이 자유로운 듯하면서도, 사실은 마음이 묶여서 아무것도 못하고 마는 것이다. 마음의 자유가 참자유이며 오래되고 깊은 수련으로 참자유를 얻었을 때 진정한 수도자가 되는 것이다.

인간은 스스로 완성인의 씨앗을 내재하고 있으니, 참자유를 찾아 각자가 되어야 한다.

알겠습니다.

자유의 씨앗은 이미 뿌려졌느니라. 가꾸기에 따라 거목이 될 것이다.

잘 가꾸도록 하겠습니다.

90

심력心力 다지기

때가 사람을 기다리지 않는다. 사람이 때를 기다리는 것이다. 사람은 때를 기다리며 일생을 보내는 것이다. 그 일생은 다시없이 소중한 일생이며, 한 번 흘려보내고 새로이 맞이할 수 있는 것이 아니다.

자신의 마음대로 할 수 있는 것은 금생에 한한 것이며 내생은 자신의 뜻대로 되지 않는 것이다. 자신의 뜻이 가능한 이유는 금생에 몸과 마음이 함께 하기 때문이며, 이 시기에 심력을 다져놓지 않으면 정말로 아무것도 못하게 되므로, 내세에서 심력 다지기에만 수백, 수천 년을 흘려보내고 마는 것이다.

범인은 심력의 의미를 이해치 못하므로 자신이 없는 우주의 일부로서 살아가게 되며, 수동적인 명의 연장으로 끝나게 되고 선택권도 없으나, 수련으로 자아가 깨이면 내세에도 자신에 관한 권한을 자신이 가지게 된다. 수련으로 깨이지 않은 자아는 소용이 없는 것이다.

91

때란

사람에게는 항상 때가 있다. 이 때는 사람을 크게도 하고 흥하게도 하며 망하게도 한다.

이 때는 사람에게 유익한 기운과 불리한 기운이 작용하는 것으로서, 때가 약간 불리해도 자신의 의지와 노력으로 극복이 되기도 한다.

때는 다만 어느 정도의 기준일 뿐이며 절대적인 것은 아니므로, 언제나 유동적인 부분이 있어 자신의 의지가 개입할 여지가 있는 것이다. 이 여지의 활용에 최대한의 역량을 투입하는 방법은 호흡이다.

호흡은 인간에게 가장 많은 것과 가장 정확한 것을 가져다 줄 수 있으며, 가장 큰 것을 깨우쳐 줄 수 있다. 호흡은 만사의 근본이며 만물을 유지하는 힘이며 만물의 진행 과정을 감독하는 수단이다.

인간은 몸을 가지고 있으므로 호흡이 필요하며, 호흡이 있음으로 인하여 깨침도 가능케 되었느니라.

알겠습니다.

아직도 소홀한 점이 있다. 더욱 호흡에 주력토록 하라.

그러겠습니다.

92

방송작가로 데뷔하다

데뷔를 축하한다. 'KBS무대'는 전통 있는 프로그램으로서 그곳의 등단은 어설픈 TV프로보다 낫다고 생각된다. 문단에 있는 사람들의 생각도 마찬가지일 것이다. 문학은 문학으로서 하는 것이며 문학을 타 목표의 수단시하는 것은 옳지 않다. 문학은 문학으로 대해야 작은 성취에도 큰 기쁨이 오는 것이다.

문학의 세계는 광대무변하여 인간의 감정의 가장 많은 부분을 표현할 수 있는 고로 많은 사람들에 의해 애용되어 왔다. 사람들이 모두 자신이 느끼고 원하는 부분이 표출되는 것에 기쁨을 느껴 문학으로 다가서게 되는 것이다.

문학은 또한 우주에서 가장 순수한 작업의 하나로서 수련 다음의 큰일이기도 하다. 문학이라고 다 문학이 아니며 한 호흡에 이어지는 문학, 우주에 연결되어 인간의 본성을 깨워줄 수 있는 문학이 참문학이라고 할 수 있느니라. 문학은 문학이 목표여야 한다. 문학은 필히 해야 하는 부분이니라.

93

인간의 지혜

인간의 지혜는 어디까지인지요?

어디까지가 없다. 깨이면 우주와 동격이요, 덜 깨이면 한낱 모래 한 알보다 못한 상태가 되는 것이다. 인간은 그 자체가 성인과 거지의 본성을 모두 간직하고 있으며, 계발하기에 따라 성인도 되고 거지도 되는 것이다.

여기서 거지는 영력이 제로인 상태를 가리킨다. 사람이란 자신의 위대성을 알면, 그 때 자부심, 자존심, 자신 등이 싹튼다. 자신에 대한 긍지가 없고서는 어떤 발전도 기대하기 어렵다.

자신에의 기대는 긍정적인 부분의 발견에서 시작된다. 언제나 긍정적인 부분만 생각하는 것은 자신의 발견에 가장 큰 도움이 되는 것이자, 가장 큰 영양분이 되는 것이다. 눈을 안으로 뜨고 자신을 발견해라. 없는 것이 없느니라.

알겠습니다.

94

오링 테스트

오링 테스트는 어떤 것인지요?

옳은 방법이다. 체질을 감별하는 방법 중의 하나로서 어떤 증상의 확인에도 이용할 수 있다. 손바닥이 아닌 다른 곳에 놓고 해도 되나, 어느 부분인지 확실히 모를 때는 손바닥이 좋은 것이다.

손바닥과 손등의 반응이 다른 것은 정도의 차이일 뿐 모두 같다. 약간 다른 반응은, 임맥에 맞는 것이 독맥에도 동일한 효과가 나오는 것이 아니기 때문에 나타나는 현상이다.

가급적 장부가 있는 손바닥 방향에서 하면 비교적 정확할 수 있다. 손등에서 테스트하는 것과 손바닥에서 하는 것이 동일한 답이 나오는 경우는 임독맥에 동일한 기운이 흐를 때이며, 다른 반응은 회음이나 백회 등의 경혈이 막힌 경우이다. 양쪽이 다른 반응이 나온다면 임독을 먼저 치료해야 효과가 나오는 것이요, 같은 반응이 나온다면 장부를 치료하면 되는 것이다.

어떤 원인으로든 임독은 역할은 달라도 기운은 같아야 한다. 임은 오르며 독은 내리고, 임은 떠받들고 독은 지배하며, 임은 부드러우며 독은 강력하고, 임은 온화하나 독은 냉정하다.••

허나 그 성격이 다를 뿐 본질은 같으므로 어떤 물질에 대한 반응은 같아야 한다. 반응이 다르다면 신체 내에서 내분이 있는 경우이다.

알겠습니다.

•• 임맥은 오르는 성질이 있으므로 감정상의 이유로 인해 중단에서 제 역할을 하지 못하면 기가 역상하여 상기上氣되는 것입니다. 이럴 때 독맥 중 막힌 곳이 없을 때는 상기된 기운을 내려주지만 독맥 중 한 부분이라도 막히면 머리에 쏠린 기운을 내리지 못하여 상기된 채로 있게 되며 독맥이 부담을 느껴 막힌 부위에 뻣뻣한 증상이 오게 됩니다. 운기運氣 수련 시 임맥의 기운을 위에서 아래로 내리는 것은 임맥의 이 같은 성질을 고려하여 평소 기가 흐르지 않는 방향으로 기운을 돌려주기 위한 것입니다.(저자)

 95

몸의 불균형

사람에게는 위기가 있다. 균형을 잃으면 곧 위기가 오는 것인바, 이 위기에는 상하 불균형과 좌우 불균형, 전후 불균형이 있다. 상하의 불균형은 부자지간, 군신지간의 불화로 나타나며, 좌우 불균형은 친구나 동료간의 불화로, 전후의 불균형은 시간적인 불균형으로 나타난다.

시간적인 불균형이라 함은 시간이 지남에 따라 하고자 하는 일에 대한 결심이 다른 것이며, 임맥이 막히면 실천력이 없어서 포기하는 경우이고, 독맥이 막히면 기억력이 떨어져 하고자 했던 일을 잊어버리는 경우이다.

상하의 불균형은 정신을 단전에 모음으로써 가라앉힐 수 있으며, 좌우의 불균형은 도인법으로 가능하고, 전후의 불균형은 욕심을 덜 부리고 자신을 아는 것으로 가능할 것이니, 모두 현재 실천 가능한 속에 있는 것이다.

좌우는 모두 하나이며 우주의 본질은 균형이다. 불균형은 곧 부조화로서 그 자체가 이상이며, 매사가 부드럽지 못한 것을 나타낸다. 모든 것의 균형은 자신의 내부에 모두 조절 가능한 요소가 있으니 호흡과 도인법 수련으로 처리토록 해라.

알겠습니다.

96

신경 쇠약

신경 쇠약은 어떤 것인지요?

호흡이 짧아 기운이 없는 것이다. 호흡이 짧으면 마음이 약해지고 마음이 약해지면 기운이 없게 된다. 호흡이 가늘면서도 길고, 길면서도 기운은 굵어야 하는데, 가늘기만 하고 의식이 빠지면 힘이 실리지 않아 마음이 잡히지 않게 되고, 그 상태는 곧 불안한 것으로 나타나니 이것이 신경 쇠약인 것이다.

가급적 손바닥에 쥘 수 있는 쇠나 나무 조각을 가지고 운동을 하고 호흡에 힘을 실으면 될 것이다. 광물이나 식물은 오랜 기간에 걸쳐 기운이 응집된 것이며 단단한 성질을 갖고 있으므로, 이들의 기운을 장심을 통해 직접 받는 것으로 도움을 받을 수 있다.

알겠습니다.

 97

근기에 따른 정신 자세

사람이 일생을 살아감에 있어서 무엇보다 중요한 것은 신의(옳은 것을 믿는 생각이나 뜻)이다. 믿음은 자신의 의사에 대한 믿음인바, 이 믿음이 주변으로 서서히 퍼져나갈 때 다른 사람이 나를 믿는 관계가 발전한다.

다른 사람이 나를 믿는 강도는 점차 자신 스스로를 믿게 하는 쪽으로 방향이 바뀌어야 한다. 깨인 사람을 보고 단순히 받드는 것은 하근기의 일이요, 함께 깨어 보려고 노력하는 사람은 중근기이며, 같이 깨이기 위해 지속적으로 밀어붙이는 것은 바로 상근기의 정신 자세이니라.

가장 강한 믿음은 스스로 '나도 할 수 있다'는 믿음을 갖는 데서 나온다. 나는 전지전능한 신인 것이다. 정신은 무엇보다 무서운 신 중의 신이다.

알겠습니다.

 98

염력의 사용

염력으로 절단한 금속의 단면은 어떻게 다른지요?

다르다. 정신력으로 절단한 것은 분자 구조가 단단할수록 그 효력을 발휘한다. 정신은 집중되면 인간이 상상키 어려운 파워가 발생하는바, 절단력은 그 중의 하나이다.

아주 단순한 이치로서, 분자간의 응집력을 약화시켜 놓으므로 끊어지게 되는 것이다. 복합체가 아닌 단일 물질일 때는 하나의 파장으로 가능한바, 그 금속에 대하여 염을 집중하면 해당 금속의 파장이 인간의 파장에 의해 동요를 일으키게 되고, 그 동요가 순식간으로 증폭되면서 견디지 못하는 것이다.

나무 등은 여러 가지 파장이 필요하므로 끊기가 쉽지 않다. 껍질, 나이테 부분들이 모두 다른 파장을 요하기 때문이다. 돌도 마찬가지이지만 숟가락은 단순한 금속결정이므로 주시만으로 가능하게 된다.

복합 물질을 절단키 위해서는 강력하고 증폭이 넓은 파장의 발사를 필요로 한다. 보통 인간의 염력을 절단에 응용한다면 직경 30cm 정도의 철근까지 가능할 수 있으나, 초강력 염력으로도 일평생에 한 번 할 수 있을 정도로 힘들다.

이런 힘을 도에 사용하면 일 년은 쓸 수 있으니 도는 지속적인 힘이 요구되는 탓이다. 하근기에 대하여 공부 자극으로 사용하는 것은 가하나, 재주로 사용하는 것은 중근기의 경우이다. 상근기는 필요한 모든 것이 자체 조달이 되느니라.

알겠습니다.

99

욕심을 제거하는 수련

수련은 때로 가혹할 만큼의 인내를 요구하기도 한다. 이 인내는 어떤 형태로든 한 가지를 겪어 넘기게 함으로써 그 다음 고비로 들게 하려는 것인바, 이 고비에서 넘지 못하면 언제나 다음 고비도 넘지 못하게 되는 것이다.

따라서 수련이 되는 것 같아도 동일한 궤적을 그리며 전진하지 못하는 상태가 되는 것이다. 한 번 문을 관통하고 나서의 입장과 그 문을 넘지 못하고 매사가 그 문에 걸려서 아무것도 되지 않는 것과는 전혀 차원이 다른 것이다.

넘고 나면 별것이 아닌 것도 넘지 못하면 너무나 크게 보이고 대단해서, 그것 없이는 아무것도 없는 것과 같은 상태가 되니, 결국 한 번은 넘어야 할 관문이며 언제나 넘지 않으면 수련이 정위치할 수밖에 없는 고비인 것이다.

넘기 어려운 욕망이나 애착은 회음으로 뽑아 깊이 묻으면 되며, 그래도 안 되면 북극성을 향해 앉아 다 뽑아 보낸다고 생각하고 호흡에 들면 가할 것이다. 주로 23:00~02:00 시간대가 좋으니 잡념 없이 들어 보도록 하라.

알겠습니다.

• • • • •

인간은 모두 그 4대 업으로부터 각종 지엽적인 일들을

끌어안고 있으며, 모두 생각하기에 따라 한편으로는 즐거운 일들이다.

'생'은 태어남이 즐겁고, '로'는 자신의 연륜이 쌓여가므로 즐거우며,

'병'은 자체의 건강치 못한 부분을 알려줘 고맙고,

'사'는 살아 있는 동안의 결실을 마감할 수 있게 해주니 고맙다.

100

채워지지 않아도 넘어가라

인간의 성(본성)은 항상 완전을 추구하는 것은 아니다. 부족하면 부족한 그대로 나름의 기준에 적합하면 만족할 줄 아는 것, 그것이 바로 분수이기도 한 것이다. 모든 것이 완벽할 수 없으며 모든 것이 다 채워질 수 없다.

다만 수련에 대한 욕구는 가득 찬 상태로 노력은 하되, 모두 채워지지 않아도 넘어갈 줄 아는 지혜는 곧 다음에 돌아보고 채울 수 있는 지혜이기도 한 것이다.

인간의 마음은 끝이 없으나 세상이 거기에 따라주지 않는 것은 개개인에 따라 분수가 있기 때문이다. 언제나 모든 것이 채워지는 것은 아니며, 채워져야 할 부족한 부분이 있다는 것 그것을 아는 것이 또한 수련이기도 한 것이니라.

수련은 모든 것을 아는 데서 시작한다. 안다는 것은 곧 우주에 대한 지식, 곧 나에 대한 지식이 주가 되고, 이것은 다시 나에 대한 믿음으로 화化하여 이 믿음으로 모든 것을 딛고 넘어갈 수 있는 기반이 되는 것이다. 지식은 끝이 없으나 얼마만큼 부족하다는 것을 알면 거기서 또한 작은 만족이 있는 것이다.

알겠습니다.

101

저울의 추가 오행

모든 지식에는 가지가 있다. 이 가지는 줄기가 확립되고 나서 의미가 있는 것이지, 줄기가 없이 가지만으로는 그 의미를 찾을 수 없는 것이다. 이 가지에서 머무는 가지적 지식이나, 더 가지 끝으로 나가는 지식은, 줄기를 인식하지 못했을 때 근본이 약해지므로, 근거를 잃어 지식의 세계에서 위치의 확보가 어렵게 된다.

인간의 지식의 모든 뿌리는 '무'이며, 이 무에서 유로 창조되는 과정에서 태극이며, 음양이며, 오행이 나오게 되었다. 태극까지는 둘이 아닌 하나이며 음양으로 나뉘고서야 둘이 되는 것이다.

둘에서 비로소 생성이 시작되는 것이니 생성은 상호 작용의 결과인 까닭이다. 이러한 상호 작용은 그 작용이 원활치 못함에 따라 오행으로 그 양을 조절할 수 있게 되었는바, 저울이 그 자체가 완벽한 무게 중심이 있는 것은 아니로되 추가 있으므로 정확히 자신의 위치를 유지하듯, 저울의 좌와 우는 음과 양이요, 추의 무게가 곧 오행의 역할인 것이다.

오행은 자체에 무궁한 조화가 있으니 음양과 어우러졌을 때 천지창조가 가능한 것이다.

알겠습니다.

102

무화無化

항상 모든 것은 하나이다. 원래 하나도 아닌 것이나 인간의 개념으로 하나인 것이다. 하나라는 개념은 인간이 편의상 만들어 놓은 것이며 그 이전의 무의 상태, 무이나 만물의 분자를 고루 갖추고 있는 상태에서 모두 시작된 것이다.

수련자는 이 무의 개념을 확실히 해야 할 필요가 있다. 무는 만물의 근본이며 또한 돌아가는 곳, 물질과 정신 즉 마음이 하나가 되는 곳, 혼연 일체가 된 속에서 구별이 불가한 곳, 어떤 것도 가능하며 불가능이 없는 곳이므로, 이곳에 자신을 일치시키면 모든 것의 생성 과정에서부터 조명이 가능하므로 이해가 되지 않는 것이 없다.

수련은 '무화無化'이며 이 무는 만법이 가능한 무이니 이 무로 회귀함으로써 인간은 다시 자신만의 신, 즉 정신을 바로 세울 수 있는 것이다.

자신의 신이라도 생전에 올바로 세우기 위한 노력, 즉 '무화'를 게을리 한다면 정신에까지 진입하지 못하게 되며 귀신, 잡신이 되고 만다.

알겠습니다.

수련을 게을리 하지 마라.

그리하도록 하겠습니다.

모든 것은 자신의 탓이니라.

103

기억력의 저하

수련생에게 있어 기억력이 저하되는 현상은 어떻게 해석해야 하는지요?

사고방식의 일방성은, 특히 수련에 들어 한창 진행 중인 사람의 경우 기억력의 저하는 필히 수반된다. 속의 일을 털어내는 도중에 선별해서 털어낼 것도 없고 모두가 털어낼 일이므로, 이 와중에서 그냥 쓸려나가게 되는 것이다.

허나 일정 시점이 지나면 다시 회복이 되며 이 단계에서는 지식이 아닌 지혜가 솟아나게 된다. 지혜는 지식보다 삶의 과정에서 부딪치는 문제에 대하여 근본적인 해결책을 제시해주게 될 것이며 어떠한 문제에 대하여도 해답을 보여주게 될 것이다.

지식은 다만 표면적인 부분에 한정되며 지혜는 전반적인 부분에 대한 것이다. 지식은 강이나 지혜는 바다이며, 지식은 지구에서 사용되나 지혜는 우주에서 사용되며, 지식은 짧으나 지혜는 길다. 기억력이 감퇴되는 것 같으나, 예전의 기억을 지우고 보다 넓은 세계로 인도하여 새로운 자료를 입력키 위함이니, 자연스레 받아들이면 된다.

104

문학의 스승

문학에 있어서 스승은 어떤 분이 좋은지요?

톨스토이는 넓고 헤세는 깊으며, 타고르는 빛이 있고 노신은 낮고 좁다. 톨스토이는 넓고 중간 크기의 높이(5척)이며, 헤세는 바닥은 좁으나 높이는 7척이고, 타고르는 밝으나 높이는 낮다.

모두 영성은 있으나 타고르는 영으로 시를 썼고, 톨스토이는 영계를 보고 작품을 썼으며, 헤세는 더 깊이 넘겨다보고 작품을 썼다. 타고르는 영계에 넘어갔으나 톨스토이와 헤세는 넘어가지는 못한 것이다.

노신은 영적으로는 타고르와 비슷하나 기교면에서 많이 뒤진다. 기법을 배우기 위하여는 톨스토이가 낫고 깊이는 헤세가 낫다. 영적인 각覺은 타고르가 나으며, 실제 창작 시에는 모든 것이 수련으로 보충된다.

미국 최신 작가들의 경우 기법은 배울 것이 있으나 내용은 얕아서 세계 명작 대열에 들지는 못한다. 셀던이 『매디슨 카운티의 다리』의 저자보다 2, 3수 높다. 명문名文은 평이하며 군더더기가 없어 산뜻하다.

얽매이지 않고 써야 큰 글이 나온다. 일단 목표는 높이 두되 실생활에서 소재를 끌어내도록 해라.

알겠습니다.

문학은 가장 고난도의 작업이니라. 모두 식구들이다.

105

누구와도 통한다

언제나 모든 만물과 통할 수 없는 것은 아니다. 나중에는 어떠한 미물도 대화 상대가 되며, 그들이 그렇게 된 것이 마냥 그의 탓은 아니고, 오랜 자극이 있어 왔음을 알게 될 것이다.

원인이 없는 결과는 없으며 그 결과에 대한 책임이 없는 것 또한 없다. 이 세상은 가장 철두철미한 이치의 세계이며 빈틈투성이인 것 같아도 전혀 빈틈이 없는 세계이기도 한 것이다.

저절로 된 것 같은 어떤 것들도 전후가 다를 뿐, 그렇게 된 것이 원인이든 과정이든 결과이든 어느 하나에 속하는 것이니, 부러워하거나 탓할 필요가 전혀 없는 것이다.

인간은 우주의 규범에서 벗어날 수 없는 것이며 그 벗어나려는 생각마저도 없어야 하고, 다만 스스로 준수하여 분수를 알고 행동하려는 의지가 행동으로 돋보일 때, 진정 그 경지가 바뀌는 것이다.

하늘은 스스로 그 행동에서 인물을 찾아내며 욕심만으로 하고자 하는 것은 누구에게도 도움이 되지 못하고 만다. 이런 구조에 익숙해지면 누구든 만나서 대화가 가능할 것이다.

알겠습니다.

106

법도 정情 앞에 무력하다

사람은 모두 하나이다. 이 하나라는 사실을 발견하기까지 거듭 반복되는 훈련으로 연마되어 가는 것이다.

어느 자리에고 마땅한 사람은 드물다. 하지만 자신의 자리에 마땅한 사람은 많다.

각자 자신의 자리를 발견하였을 때 모두 같은 사람이 될 수 있는 것이다. 각기 다른 모양, 다른 생각, 다른 행동을 하고 있으나, 그 근본은 모두 하나로서 움직여지고 있는 것이다.

나의 자리 주변을 같은 각도로 메워주면 성격이 맞는 것이요, 다른 각도로 메워주면 맞지 않으므로 서로 자신의 자리를 찾게 된다. 인간은 100% 자신에게 맞는 사람들로 자리가 채워지지 않는다.

약간씩은 다른 모습으로 자리가 채워지며, 이 사이에서 서로 연마되어 끼워 맞추어지므로 정이 필요하고, 인간끼리의 윤활유가 되는 것이다. 정은 인간의 기본 요소이다.

이 정은 사랑으로 표현되기도 하고 우정으로 표현되기도 하는

바, 이 정으로 인간 만사는 모두 해결이 가능한 것이다.

알겠습니다.

법도 정 앞에 무력한 것이니라.

107

천상천하 유아독존

사람은 모두 똑같다. 똑같은 사람이 똑같지 않게 생각되는 이유는 행동이 다르기 때문이다. 행동은 마음의 움직임 즉 심과 '나 아닌 나', 즉 나 중에서 내가 아닌 부분이 차지하고 있는 부분의 움직임이며, 내가 아닌 부분은 수련으로 깨지 않는 한 영원히 내 것이 되지 않고 만다.

나라고 모두 내가 아니며 나인 것 같아도 나가 없는 경우도 있는 것이다. 나는 수련, 즉 호흡으로써만 참나가 될 수 있으며, 이 나를 찾아야만 모든 나의 행동이 나를 대표할 수 있게 되는 것이다.

나도 모르게 어떤 일을 하는 것은 내가 아닌 부분이 나를 지배하고 있음이며, 내가 모두 나의 것이라면 이런 일은 일어나지 않게 된다.

나는 오직 나의 것이어야 하며, 그래야만이 '나'라고 할 수 있을 것이다. 나는 천상천하에 유일한 것이며 그래서 독존이기도 한 것이다.

나의 의미와 나를 찾는 방법은 호흡에 의한 수련으로 자신을 정제함으로써 가능한 것이니, 호흡으로 자신을 찾아보도록 해라.

알겠습니다.

108

환경

사람은 모두 똑같다. 생각도 행동도 모든 것이 근본적으로는 같다. 허나 모두 다르게 보이고 다르게 나타나는 이유는 처한 환경이 다르기 때문이다. 환경은 사람을 달라 보이게 하고 다른 생각을 하도록 만든다.

이 달라 보이는 면이 근본적으로 다른 것이 아니고 표면적으로 다르다는 사실을 알면 한결 접근이 쉬울 것이다.

알겠습니다.

109

몸이 무거운 것

몸이 상당히 무거운 것은 어째서인지요?

생각이 무겁기 때문이다. 힘겹다고 생각되는 짐을 지고 있고, 그 생각이 몸에 영향을 미치며, 몸에서 다시 생각으로 영향을 미치는 작용이 반복되므로 이런 일이 일어나는 것이다. 우선 마음을 가볍게 가질 것을 권한다.

모든 것은 때가 와야 되는 것이며, 때가 오기 전에는 안 되는 것이다. 이 때는 자신의 리듬이며, 마음을 가볍게 가짐으로 인하여 리듬을 바꿀 수 있다. 가장 중요한 것을 잊고 지내보는 방법은 가장 빨리 획득하는 방법이 될 수도 있는 것이니라. 잊어 보도록 하라.

알겠습니다.

110

선善은 순리

하늘은 사람을 버리는 법이 없다. 사람이 스스로 자신을 버리는 것이다. 하늘이 포기하지 않은 부분을 버리는 것은 무엇보다 큰 죄이다. 인간이 스스로 포기해도 하늘이 버리지 않는 경우도 있으며, 스스로 포기하면 하늘도 포기하는 경우도 있다.

이것은 인간의 값에 달린 문제이다. 세상의 모든 문제는 거의 인간의 뜻에 의해 조정이 가능하나, 인간이 뜻을 세우지 않으므로 조정이 불가하다. 무엇이든 뜻이 먼저이고 행동이 나중이나, 인간이 뜻을 세울 줄 모르고, 뜻을 세워도 실천하는 방법을 모르므로, 그 실행이 늦어지게 되는 것이다.

하늘은 인간의 마음이 순리로 갈 때는 도움을 주나 그 반대일 때는 도움을 주지 않는다. 악도 순리일 때가 있으나 선은 모두 순리이다. 스스로 버리지 않으며 선을 행하는 것, 이것이 인간의 갈 길인 것이니라.

111

영력은 시초에 불과

항상 모든 것이 마음에 달려 있다. 마음은 모든 것을 가능케 하는 원천이자 모든 것을 불가능하게도 할 수 있는 것인 것이다. 인간은 마음으로 인해 영적으로 성장이 가능하며 깨달음에 다가갈 수 있는 것이다. 영적인 성장은 일정한 과정을 거쳐 자신의 마음에 다가가는 길인 것이다. 영적인 성장만으로나, 영감이 발달된 것으로는 결코 자신을 찾지 못한다. 타에 이용당함으로써 자신을 잃어버리는 결과로 나타날 수도 있는 것이다.

인간의 마음은 워낙 광대하여 영력만으로 모두 바라볼 수는 없다. 영력은 자신을 살펴볼 수 있는 가장 시초의 단계인 것이다.

인간은 그 마음에 들어감으로 인하여 온 우주의 이치를 들여다볼 수 있게 되는 것이며, 그 이전에는 아무리 노력해도 우주의 이치의 극히 작은 부분만 알게 되고 마는 것이다. 천하는 호흡이며 우주도 호흡인바, 서로 인간과 교류하는 방법은 기운의 이동이 있기 때문이다. 기운은 의식보다 호흡으로 움직인다.

112

확신은 천인의 기본 조건

사람이 사람의 구실을 한다고 하는 것은 스스로 자신의 일을 찾아서 하는 것을 말한다. 자신의 일이란 본인이 해야 하는 일을 말하며 본인이 해야 하는 일이란 금생에 태어나서 나의 소명을 다하는 것을 말한다.

생명은 소명을 전제로 주어지는 것이며, 소명은 사명을 전제로 주어지는 것이니, 생명을 어떠한 조건하에서 부여받는 것인지 알 수가 있을 것이다. 인간은 우주 만물의 중심이며, 자신이 곧 우주이고, 자신이 곧 신이며, 자신이 곧 그 통치 대상이기도 하니, 만사가 인간의 품에서 놀아나는 것이기도 한 것이다.

길은 많다. 허나 사람이 사람의 구실을 하는 길은 수련이다. 사람이 참사람이 되고자 한다면 반드시 거쳐야 할 관문이며, 이 참사람은 다름 아닌 우주이기 때문이다.

수련자는 자신을 믿는다. 자신에 대한 확신은 수련자만의 특권이자 갖추어야 할 조건 중의 하나이기도 한 것이니라.

113

해외 취재 기회

저의 금번 기회는 어떤 의미가 있는지요?

절호의 기회이다. 아직 커가는 나무에 거름으로서는 너무 좋은 '거리'라고 할 수 있다. 지금까지 겪어 온 모든 것은 다 글을 위한 것이었으며, 이 글은 쌓아온 것을 타인에게 보여주는 테크닉으로서 필요한 것이다.

글이 글로서 존재함은 의미가 없는 것이며, 다른 내용을 표현하는 수단으로서 존재할 때 의미가 있는 것이다. 이 세상의 모든 것은 오직 수단적 가치일 뿐이며, 목적적 가치는 '나'를 찾아가는 길을 이런저런 경로를 통하여 제시하는 것이다.

그 경로는 사람마다 다르나 모두에게 공통되는 '거리'를 찾아서 제시할 수 있는 자가 대가가 되는 것이다. 명작이 많이 읽히는 이유를 생각해보면 알 수 있을 것이다.

준비를 충분히 하고 어떤 흐름을 잡아내는 데 주력하면 성공할 것이다. 일상의 흐름은 얕으나 역사는 깊으므로 조심스러운 접근을 필요로 한다. 작은 것으로 큰 것을 보고 큰 것으로 작은 것을 함께 표현할 수 있는 방법이야말로, 인간의 본성을 통하지 않고는 어렵다.

역사를 통하여 인간에게 접근하고 인간을 통하여 본성을 보이는 식으로 유도하되, 너무 기술적인 면에 치우치지 말고 있는 그대로의 궤적을 그려보면 수작이 될 것이다.

역사는 필연이다. 인간의 생활에는 우연이 존재할 수 있으나 그것이 어우러져 만들어 내는 역사는 필연인 것이다. 그 필연의 흐름을 집어내는 일은 우선 글이 있어야 한다.

'테크닉'은 그만하면 사실 묘사에는 지장이 없을 정도이며 흐름을 잡는 감각도 있으니, 부딪쳐 자신의 껍질을 벗겨내고 나의 본성으로 역사의 본성과 일치를 이루어 낸다면 대작의 길에 다가서는 방법을 알게 될 것이다.

역사의 본성은 나의 본성의 일부이다. 큰 공부의 기회도 되는 것이니 역사를 통하여 자신을 다시 한 번 벗겨내는 기회로 삼는다면 큰 전진과 보람이 있을 것이다. 서두르지 말고 하나하나의 흐름을 분석하여 정리해 본다는 자세로 임하면 좋을 것이다. 잘해 보도록 해라.

알겠습니다.

좋은 기회니라.

114

시아버님 병환

세상에 살아가고 있는 인간에게는 꼭 큰일과 작은 일이 함께 오며, 좋은 일과 나쁜 일이 같이 온다. 이런 일을 맞이하는 인간의 태도에 따라 그 일은 인간에게 호재로 다가오기도 하고 악재로 다가오기도 한다.

항상 사태를 정확히 주시하고 있으면 그 틈새로 호전시킬 수 있는 기회를 발견하게 되나 발견치 못하면 악재로 작용하게 되는 것이다. 천지의 이치는 항상 일정한 방향으로 진행되는바, 큰 흐름은 진화이며 그 진화를 위해 주변 여건으로 하여금 계속적인 변화를 유도하고 있다. 그 변화는 맞이하는 위치에 따라 인간이 자신의 능력을 펼 수 있는 기회가 되는 것이다. 위기는 기회이며 명장名將은 이런 기회에 특히 강한 법이다.

대세를 알고 작은 일을 맞이한다면 어떤 일이고 걱정할 것 없음을 알게 될 것이니라. 큰 걱정 말고 전화위복이 되도록 항상 기회를 엿보는 자세로 임하라. 시아버님 병환은 걱정하지 마라.

115

조건은 자신의 탓

사람은 모두 똑같다. 다만 조건이 다른 것이다. 이 조건은 수련의 결과이다.

수련은 이 조건을 변화시킴으로써 자신을 변화시킬 수 있는 계기를 만들고, 이 자신을 변화시킬 수 있는 계기가 결국은 자신을 바꾸게 되는 것이다.

조건의 중요성과 자신의 노력은 일정 시점에서 합치됨으로써 각覺의 결과를 가져오게 된다. 인간은 각으로 자신을 찾는 것이며 자신을 찾았을 때 진정 자신의 주인이 될 수 있는 것이다.

자신은 찾아야 할 과제이며 넘어야 할 산이며 합치되어야 할 대상인 것이다. 조건은 자신의 노력에 의해 변화한다. 금생의 조건은 전생의 노력의 결과이며, 금생의 노력은 내생의 조건으로 나타나게 되니, 한날한시가 호흡에서 떠날 여유가 없는 것이니라. 조건은 자신의 것이며 자신의 탓이니라.

알겠습니다.

조건을 탓하지 않아야 발전이 가하니라.

116

육성 시의 방향

사람의 마음은 항상 일정한 방향으로 흘러야 한다. 일정한 방향이란 자신이 뜻을 세운 곳을 향해야 한다는 것이다. 인간의 마음은 집중하였을 경우 엄청난 파워를 낼 수 있는 것이니만큼, 그 힘을 모으는 데 전력을 다할 수만 있다면 어떤 일이고 못할 것이 없는 것이다. 인간은 자신이 향하는 방향을 모르므로 어느 곳에 힘을 모아야 하는지를 알지 못하고 있으며, 힘을 모았을 때 어느 방향으로 밀고 나가야 끝까지 갈 수 있는지, 그 방향의 선택은 어떤 식으로 하는 것인지 알지 못하고 있는 것이다.

매사는 힘이 모여야 하는 방향이 다르다. 학문의 방향과 그 학문을 사용하는 방향, 문학의 방향과 그 문학을 사용하는 방향, 부를 축적하는 방향과 그 부를 사용하는 방향이 모두 다른 것들이다.

같은 방향으로 향하더라도 주종의 관계를 분명히 함으로써 각각 최선의 효과를 거둘 수도 있는 것이니라. 육성 시에는 동남간에 방향이 있느니라.

117

각覺의 시작

모든 것은 항상 똑같다. 매일 반복되는 것이 같으며, 매월 반복되는 것이 같고, 매년 반복되는 것이 같다.

사람이 태어나서 할 수 있는 것과 한 것이 같으며, 태어날 사람 역시 마찬가지이다.

허나 차이점의 존재는 마음에서 시작된다. 똑같은 육신으로 마음에서의 변화로 천하를 바꾸는 힘이 나오는 것이다. 각覺의 무서움은 마음이 온 우주와 같은 수준에 설 수 있다는 것이다.

각은 천지 창조의 원동력이며 세상 유지의 근본이고 미래에 인간이 추구해야 할 가장 중요한 목적이기도 한 것이다. 인간은 각의 언저리가 아닌 핵심을 자신의 내부에 지니고 태어났으며, 이 사실을 알게 됨으로써 각이 시작된다.

각의 시작, 즉 시각始覺은 자신의 존재를 발견하면서부터 출발한다. 시각은 만물을 바로 보는 가장 근본적인 방법의 출발이니라.

알겠습니다.

시각만도 수만 년의 인연이 쌓아 올려진 것이니라.

118

생로병사의 즐거움

인간의 일생은 모두 같다. 한 번 주어진 것이 같다. '생'과 '사'가 있는 것이 같으며, '로'와 '병'이 있는 것이 또한 같다. 인간은 그 4대 업으로부터 각종 지엽적인 일들을 끌어안고 있으며, 모두 생각하기에 따라 한편으로는 즐거운 일들이다.

'생'은 태어남이 즐겁고, '로'는 자신의 연륜이 쌓여가므로 즐거우며, '병'은 자체의 건강치 못한 부분을 알려줘 고맙고, '사'는 살아 있는 동안의 결실을 마감할 수 있게 해주니 고맙다.

충실히 공부한 학생이 졸업을 기다리고 다음 단계를 바라보듯, 금생에 걸쳐 열심히 살고 정성으로 수련에 임한 사람은 이 생로병사 하나하나가 모두 자신을 결정적으로 성장시키는 비결임을 안다. 가장 고통 속에 헤맬 때 가장 밝은 빛이 나타나는 것이며, 이 밝은 빛을 무심에서 진심으로 추구하며 수련하였을 때 중각이 올 수 있다. 중각은 크게 서너 단계에 걸쳐 오며 하나가 여럿으로 나뉘어 오기도 한다. 중각을 못 넘는 경우가 많으니라. 열심히 해라.

119

선각자의 임무

만 사람이 한 사람이고 한 사람이 만 사람이니 모두 근본이 같은 탓이다. 허나 한 사람도 서로 같지 않음은 서로의 인연이 달랐기 때문이다. 인연은 깊고도 길어 그 끝이 보이지 않을 정도로 먼 것이다. 이 인연의 줄을 찾아 자신의 길을 알아낸다는 것은 어렵고 또 실익도 없으므로, 현재의 자리에서 앞으로 어떻게 해나갈 것인가 알아보는 것이 더 필요하다.

수련 길이 멀다면 가깝게 할 수 있는 방법을 연구하여 인연줄을 수련에 한 발자국씩 접근시켜야 한다. 도의 인연은 결코 먼 것이 아니며, 가까이 있음에도 보이지 않고 잡히지 않는 것이며, 잡혀도 그것이 귀한 줄 모르는 것이 범인의 길인 것이다.

선각한 자가 후생들에게 이러한 진리를 알려주는 것은 임무라고 할 수 있으나, 임무는 사명과 달라 반드시 해야 하는 것은 아니다. 임무의 수행은 참으로 좋은 일이 될 것이다. 글로써 펴보도록 해라.

120

기운 자체가 업

사람은 모두 같다. 음양이 같으며 오행이 같고 모든 구조가 같다. 허나 행동이 다르고 모습이 다른 것은 기운이 다르기 때문이다. 기운은 그 자체가 업이다.

업은 자신의 뿌리로서 그 줄기에서 특별한 동기가 부여되지 않으면 벗어날 수 없는 울타리이기도 하다. 모든 인간은 기운으로 인한 업의 줄기에 속해 있으며 대개가 그 범위에서 벗어나지 못한다.

인간이 그 줄기에서 벗어나기 위하여는 자신의 변화가 필요하다. 변화의 가능성은 항상 자신의 옆에 존재하고 있으며, 이런 존재의 끈을 잡지 못하므로 머나먼 길로 느껴져 오는 것이다.

모든 인간에게 다소의 차이는 있어도, 상당히 가까이 있으므로 본인이 노력만 하면 보일 수 있으나, 본인이 노력하지 않으면 보이지 않는 것이다. 꾸준히 일정한 '템포'로 노력하는 자에게만 보일 것이다.

121

공동 진화의 길

어떤 일이 발생하였을 때는 인간의 본성을 판단의 기준으로 삼아야 한다. 기타의 모든 것들은 표면적인 것들로서, 본성을 통하면 모두 해결되게 되어 있다. 어떤 상황이든 처리의 지침은 있게 마련이며, 그 가장 정확한 기준이 본성인 것이다. 인간의 본성은 안 통하는 곳이 없으며, 해결되지 않는 것이 없고, 동화되지 않는 것이 없다.

본성의 영역은 전 부분을 포용하며, 그 깊이나 넓이의 마지막 부분은 본성의 몫인 것이다. 세상을 잔꾀로 살아가면 결코 본성에 접근치 못하므로, 항상 본성으로 타인을 대하면 타인의 본성을 이끌어 내오게 되어 동화의 기본 조건이 마련되는 것이다.

타인의 본성을 이끌어 내서 공동 진화의 길을 갈 수 있는 것, 이것이 수련생의 길이기도 한 것이니라.

알겠습니다.

수련은 본성 공부니라.

122

몸의 중요성

사람의 일이란 어느 정도의 예측 불가능성을 가지고 있다. 사람의 일이기 때문이다. 운명의 틀 안에서 일정한 궤도에 머물지 않고 뛰쳐나가기도 하고 안으로 들어오기도 하는 것, 그것이 바로 사람의 일이기 때문이다.

인간은 자체의 의지가 있고, 그 의지의 결집은 기류의 흐름을 바꾸어 생각하지 않았던 방향으로 일의 결과를 바꾸어 놓는 수가 있다. 인간은 다른 물物과 달리 자체의 의지를 부여받음으로써 크나큰 발전의 가능성을 가지고 있는 것이다.

이 의지는 인간만의 전유이자, 그 의지를 현실화할 수 있는 육신을 소유함으로써 그 위에 더욱 큰 능력을 갖추게 되었다. 기운으로 표현되는 것은 알지 못하므로 기운이 몸을 통해 표현되는 것, 몸을 통하므로 더욱 참에 가까운 표현을 할 수 있는 것, 이것이 인간의 특권이자 힘이기도 한 것이다. 인간으로 있을 때 단계를 바꾸지 못하면 다른 곳에서는 어렵다. 인간으로 있을 때 노력하도록 해라.

123

스승이란

스승은 항상 빛이어야 한다. 스승이 사도師道를 보이지 못하면 제자는 빛을 구하지 못해 항상 어둡게 될 뿐이며 어둠 속에서는 도의 구함이 쉽지 않다. 도는 언제나 어둠 속에서 눈을 뜨고자 하는 사람이 작은 빛이라도 찾아내듯 그렇게 찾아지는 것이며, 빛이라도 참빛이 아닌 빛은 참도의 구현에 결코 도움이 되지 않는 것이니라.

많은 사람들이 사교에 홀려 자신을 망치는 것은 참빛과 아닌 빛을 구별치 못하므로 생기는 일이며, 이런 식별을 할 수 없는 시각으로는 인연을 참도에 끌어들이기가 쉽지 않다고 할 수 있다.

빛이라도 참광이 아니면 빛이 아닌 것이며, 사광邪光과 진광眞光은 아무리 크고 작아도 그 가치에 있어 천만 배의 차이가 있는 것이니라. 인간은 항상 참빛을 찾아야 하느니라. 도의 스승은 항시 제자들에게 참빛이 되어 줄 수 있어야 하며, 제자는 참빛을 보고 따라올 수 있어야 하느니라. 참빛만이 가능하다.

124

집안일의 처리

속俗에서 수련함은 집안일의 처리가 문제이다. 대개 수련 인연이 발견된 이후 본인은 영적인 성장을 거듭하게 되나, 상대방은 영적 개발의 계기를 맞이하지 못하므로 불균형이 심화되게 되는 경우와, 모두 영적인 개발의 계기를 맞이하게 되는 경우가 있다.

전자의 경우 한 사람은 영적으로 상당한 수준에서 자신의 위치를 맞이하게 되나, 상대방은 초석으로서의 역할을 하게 되어 금생에는 깨침의 기회가 없을 수 있으나, 후자의 경우 둘 다 전진하게 되므로 상당히 빠르거나 상당히 느린 경우의 둘 중 하나가 된다.

범인의 경우 상당히 느린 경우를 많이 밟게 되는 경우는 이상적인 모델이 없어 자아도취에 속하는 경우가 많기 때문이다. 속의 일은 모두 공부이며 이 공부는 어느 한쪽이 공부시키는 일은 없다.

다만 공부로 인하여 상대에게 불필요한 감정을 사게 되면, 이것이 또한 업業이 되어 걸림돌이 되는 경우가 있으니, 감정상의 문제는 극복하고 나감이 옳다.

불필요한 걸림돌이 정신적으로는 공부가 되나, 현실적으로는 도움이 되지 않는 경우가 있기 때문이다. 문제가 발생할 때는 잘 다독여서 풀어야 한다. 가장 불쌍한 사람은 영성 개발이 불가한 경우이다.

125

의지와 인내

사람의 능력이란 키우려고 노력하면 어느 정도는 키울 수 있다. 이 어느 정도는 본인의 능력에 달려 있는바, 이는 현재까지의 업業의 결과이다.

어떤 조건하에서도 굽히지 않는 의지 역시 업의 결과이며, 이런 의지는 수만 년의 단련이 빚어낸 결과이고, 인류에게 값진 자산으로 남아 있을 수 있다.

의지는 힘겨움에 대하여 견디는 힘이며, 그냥 참는 것은 인내, 뜻을 가지고 헤쳐 나가는 것은 의지라고 한다.

어떤 일의 관철은 인내만으로는 부족하며 방향성을 내포한 의지가 필요한바, 이 의지는 본인의 선택이 아니다. 생후 찾아지는 의지는 전생에서 밀어 올려지는 힘이 부족하므로 끝까지 힘을 발휘하지 못하고 만다.

의지는 가장 큰 복福 중의 하나이며, 가장 수련에 필요한 것 중의 하나이고, 결국 인간을 마지막까지 이끌어 주는 근본이 되기도 한다. 인간이 의지가 없으면 일을 할 수 없고 방향이 잡히지 않으므로 해도 한 것이 아니다.

의지에 방향을 잡아주는 것이 수련이다. 수련생은 의지를 실천해야 한다.

알겠습니다.

126

사명과 임무

어떤 사람에게든 주어진 시간은 같다. 인간은 각자 자신에게 알맞은 양의 시간을 가지고 태어나고 있으며, 이 시간은 본인이 임무를 다 할 수 있는 시간인 것이다.

일정 단계 이상에 도달하여 사명이 하달된 경우 이전에는 임무만 주어지는 것이며, 이 임무 처리에 해당한 시간이 주어지게 된다. 사람에 따라 부정적인 임무를 띠기도 하고 긍정적인 임무를 띠기도 하는데, 각자가 그 임무를 다 하게 되어 있으므로 수련자의 입장에서는 역할의 관찰만이 필요한 것이다.

이 역할의 관찰은 상대가 어떤 행동을 해도 이해할 수 있는 기반이 되는 것이며, 이 기반 위에 문제의 도출과 해결 방안이 나오는 것이다. 인간마다의 문제점이 모두 해결 가능한 것은 아니다.

허나 지성으로 기도하면 해결 가능한 것도 있다. 인간의 뜻은 그것이 곧 기운이므로 자신이 스스로 돕게 되는 것이다. 기운은 있으나 그 기운을 가져다 쓰지 못하던 입장에서 기운을 가져다 쓸 수 있는 입장으로 바뀌는 것이다.

시간을 아끼는 방법은 기운을 변화시키는 방법밖에 없으며 기운의 변화는 수련밖에 없다.

알겠습니다.

127

관성이 운명

사람의 일이란 거의 모든 것이 관성에 따라 가고 있는 것이다. 이제까지 그렇게 해왔고 지금도 그렇게 하고 있으므로 앞으로도 그렇게 돼 나가는 것이다.

이 간단한 이치로 세상을 보면 앞으로 어떤 방향으로 나갈 것인지가 바라보이는 것이며, 시행착오의 감소는 스스로 깨침에 그 근본 계기가 주어지는 것이다.

이 깨침의 위력은 전혀 상상치 못했던 힘이 나오는 경우도 있으며, 그런 위력을 적재적소에 사용키 위하여는 사용이 필요한 시점까지 기다릴 필요가 있다.

일생에서 최선을 다해야 하는 시기는 흔치 않으며, 그 시기에 2/3만 자신의 역량을 결집시킬 수 있어도 삶은 바뀌는 것이다. 관성에서 벗어나는 힘은 이 결집된 힘이다.

관성은 우리가 운명이라고 말하는 것이며, 체념하면 그대로 흘러가게 되나 생각을 달리하여 뻗어 나가는 순간 길이 열리고 바뀌게 되는 것이다. 사람의 일생은 생각 한 번에 그렇게 크게 오차가 날 수도 있는 것이니, 항상 내 생각이 바른 것인지 확인하여 가면 실수가 없으며, 모르면 선배에게 문의하는 것이 현명한 방법이 되는 것이니라.

알겠습니다. 그리하도록 하겠습니다.

128

본성의 통일

큰 뜻은 빛이다. 인간에게 큰 빛으로 다가와 모든 세상을 밝게 해줄 수 있는 것이다. 인간의 마음은 모든 것에 공통적으로 적용될 수 있는 부분을 가지고 있는바 그것이 바로 본성이다.

본성은 어느 부분에서도 공통으로 적용되는 부분이 있어, 이 본성의 계발은 전 인류에게 하나로 결집되는 힘을 가져다 줄 수 있으며, 전 인류의 힘이 하나로 뭉칠 경우 상상치 못했던 큰 힘이 나오기도 한다.

인류는 커다란 힘을 가지고 있으면서도 작은 부분으로 나뉘어 큰 힘으로 활용치 못하므로 이제껏 분열을 거듭하여 왔다. 마음에서의 분열은 전체 '파워'의 분열을 가져오므로 힘이 많이 줄어들게 된다.

이 힘의 축소는 전력의 약화를 초래하므로 유사시 방해가 되는 것이다. 인류의 역사는 양면성으로 발전하여 왔으며, 서로 비교로 다듬어져 왔으나, 앞으로는 본성 위주로 통일이 되어야 한다.

유儒도, 불佛도, 기독교도 하나로 통일되어야 한다. 마음을 모으면 어떤 일이라도 가능하다.

알겠습니다.

129

길이 멀다

나를 찾아 떠나는 길이 멀다. 나를 찾아도 알아보는 길이 멀고, 알아도 일치됨이 또한 멀다. 일치된 후 동화됨이 또한 멀고, 동화된 후 천지가 하나임을 알기가 또한 멀다.

이 머나먼 길에 이미 반이 넘었으니 지속적으로 나아가야 하나 걸림이 있어 더딘 것 또한 업장이다. 모든 것이 걸림에서 배우는 것이 있고, 수월하게 나아감에서 배우는 것이 있으니, 어느 것이 많고 적다 할 수는 없으나, 다만 때에 따라 한결같은 마음가짐으로 대하면 모두 득이 되는 것이다.

쉽고 어려움은 모두 과정에서 당연히 있을 수 있는 것이니, 어느 것도 평안한 마음으로 맞이할 수 있다면 가장 좋은 일일 것이다. 큰 알음에 가는 길이니 가장 평범함 속에 가장 큰 진리를 깨치도록 하라. 모든 생활이 도니라.

알겠습니다.

130

큰 그릇

정말로 큰 그릇은 대소를 구별하여 적절하게 처리할 수 있어야 한다. 큰 것은 큰 것대로 작은 것은 작은 것대로 처리가 가능하여야 하며, 크다고 처리가 안 되거나 작다고 처리가 안 되는 일이 있어서는 안 된다.

큰 것은 큰 것대로 작은 것은 작은 것대로 자신의 판단에 의해 처리가 가능하여야 한다.

대소에 따른 처리 방법 역시 크게도 작게도 처리하여야 하며, 크다고 작게 되지 못하거나 작다고 마음에 들지 않아 하는 것이 아닌, 어떤 경우에도 스스럼없이 적용되어 동화될 수 있는 것, 이것이 참다운 대인의 모습인 것이다.

소인과 어울림에 이질감이 없으면서도 동화되어 그들을 이끌어 나갈 수 있는 것, 지난 후에 큰 족적을 남기는 것이 대인이며 당시에 크게 보이는 것은 중인의 자국인 것이다. 소인은 지나가도 자국이 남지 않는다.

커도 작아도 스스럼없이 받아들여 내 안에서 용해하고 동화시켜 모든 것을 내 것으로 하는 용광로 같은 모습이 참대인의 모습인 것이다. 대인이 되어야 하느니라.

알겠습니다.

 131

스승이 필요한 이유

수련 중인 사람에게 스승이 필요한 경우는 방향 문제이다. 방향이 정확치 않으면 사邪에 빠지기 쉽고, 수련 중 사에 빠지면 수련을 하지 않은 것만 못한 결과가 나오기 때문이다.

수련은 정행이요, 정행은 바로 가는 것이니, 바로 간다고 함은 자신이 가야 할 방향이요, 남이 가야 할 방향이 아님을 말하는 것이다. 인간이 갈 수 있는 방향은 부챗살같이 많아 어느 곳으로도 갈 수 있으나, 자신의 방향을 찾아내고 그곳으로 가야 하는 이유는, 모두 미로같이 막혀 있고 중간에 끊어져 있으나 자신의 방향만이 끝까지 갈 수 있기 때문이다.

따라서 자신의 방향은 선택이 아닌 필수이며, 이 모든 과정을 거쳐야만이 목표했던 경지에 도달이 가능한 것이다. 인간은 각覺에 이를 수 있는 많은 정보를 가지고 있다. 허나 이런 지식으로 자신의 길을 확인하기란 상당히 힘들며, 오직 호흡으로 마음을 가라앉혀 나가야 자신의 길을 선택하여 갈 수 있는 것이다.

132

업은 내 탓이다

모든 일을 함에 있어 취해야 할 방법이 따로 있다. 파리는 파리 잡는 것으로 잡고 호랑이는 호랑이 잡는 것으로 잡듯, 때에 따라 취해야 할 방법이 다른 것이다.

인간은 자신을 알지 못함으로 인하여 수많은 억겁의 업보를 지니게 되었으며, 그 업보에서 한 번에 헤어날 수 있는 방법이 있음에도 오히려 쌓기만 하며 살아가고 있는 것이다.

인간의 업은 스스로 짓는 것이며 전혀 남의 탓이 아니다. 자신의 업이므로 자기에게 오는 것이다. 내 탓이 아니라고 생각하는 한 짐은 계속 내려오게 되어 있으며, 받아서 내가 지고 간다고 생각하지 않는 한, 업을 덜 수 있는 일을 업을 쌓고 마는 식으로 처리하게 되는 것이다.

언제나 같은 일로 어떤 자는 업을 덜고, 어떤 자는 업을 쌓으며, 어떤 자는 자신을 파악하고 전체의 짐을 받아지므로 오히려 벗어나게 되는 것이다. 업장 소멸은 모두 내 일로 생각함에 있다.

133

법法과 본本

사람이 하는 모든 일들은 일정한 원리에 의해 이루어져 있다. 그 원리를 법法이라 하며 이 법이 구성된 동기를 본本이라 한다. 본에서 법이 나오며, 법에서 활活이 나오고, 활에서 생生이 나오니, 이 모든 것이 성性의 작용인 것이다.

본은 무변無變이요, 법도 무욕無慾이고, 활은 불사不死이며, 생은 각覺을 뜻하는 것이니, 이런 작용들이 우주를 발전시키고 이끌어 가는 것이다. 이 원리는 모두 추호의 증감이 없이 본성의 진화를 위해 나아가고 있으며, 이 진화의 과정에서 반드시 일치하지 않는 경우도 생기는 것이다.

일치하지 않음 역시 원리의 일부이며 이 원리의 흐름을 타는 것을 업이라고 한다. 정확히 인과와 응보의 범위 내에서 작동하며 나아가는 것, 이것이 업인 것이다. 우주를 유지하는 가장 근본적인 원칙은 모두 공통적으로 가지고 있는 심心에 근거한 것이니라.

• • • • •

스스로 돕는다 함은 어느 일에나 최선을 다한다는 뜻이며
이 최선이 결국 세상을 밝히는 등불이 되는 것이다.
하늘은 열심히 생활하는 사람에게 결코 멀리 있지 않다.
항상 바로 옆에서 살피고 키우며 함께 있는 것이다.
최선은 지상 최고의 가치인 것이다.

134

성性과 본本

성性은 본本이고 본은 성이니, 이것에서 모든 것이 비롯되고 이것으로 모든 것이 결과되어진다. 한 가지 한 가지 새로이 시작되는 것도 알고 보면 모두 이 줄기에서 돋아나는 새싹과 같으니, 새롭다고 말하기는 어려운 것이니라.

이 세상의 모든 것이 시작과 끝이 있고 마무리가 있는 것으로 보이나, 모두 과정으로서의 마무리일 뿐이며, 모두 진정한 끝을 보지 못하고 있는 것이니, 과정으로서의 참답고 진정한 끝은 오로지 '깸'에 있는 것이니라.

이 끝은 또 다른 차원으로의 전이이며 이 세계에 또 다른 성인들이 있으니 이들의 일은 지상에서는 이미 끝났을 수도 있다. 성인成人은 성인聖人이며 이들은 이미 영계에서 평범한 일을 수행하고 있는 사람들이니, 깸으로 이들과 하나가 되어 인간의 일이 아닌 본성의 일에 참여하게 되고, 본성의 일로 다시 인간에 관여하게 되니, 온 우주에 하나밖에 없는 성性의 굴레에 진정으로 들어가게 되는 것이다.

이 하나는 모두를 뜻하는 하나요, 모두가 포함되는 하나이니, 이 하나에서 다시 모든 것이 시작되고 모든 것이 돌아오는 것이니라. 온 우주는 하나이다.

알겠습니다.

 135

호흡으로 천하통일

수련은 항상 무엇에도 우선하는 가치이다. 수련은 언제 어디서나 행할 수 있는 것이며 누구든 할 수 있는 것이다. 수련은 누구도 하고 있으나 의식을 하고 못하고에 따라 진도가 나가고 안 나가고의 차이가 있는 것이다.

수련은 의식이며 그 의식이 변화하여 큰 뜻으로 가는 것이고, 그 큰 뜻이 드디어는 깨달음에 도달하는 것이다. 호흡은 육신을 건전하게 유지하여 깨달음에 도달토록 해주며, 이 육신이 가지고 있는 모든 조화적 요소와 표현적 요소를 모두 동원하여 타에 전수토록 하고 있는 것이다.

수련은 보다 큰 것을 구하기 위하여 작은 것을 버림이요, 보다 값진 것을 구하기 위하여 자신을 버림이다. 헛것을 버려 참을 얻고 참을 얻어 내 것으로 한다. 이 세상이 내 것이며 온 우주가 내 것이고 내가 내 것이다. 모든 호흡으로 인한 변화는 천하통일이 그 안에 있음을 알게 할 것이니라. 호흡만이 가능한 것이다.

136

동료에 대하여

김金은 어떤 사람인지요?

필요한 사람이다. 현재 상태에서 다리를 건네줄 사람은 그 사람밖에 없으며, 그 사람이 할 수 있는 일은 의외로 많다. 문학에 있어서뿐 아니라 다른 면에 있어서도 그의 도움은 필요할 것이다.

모든 일이 사람이 난 후에 있다고 하나 사람이 있기 전의 일도 있으며, 사람이 있기 전의 일을 문학으로 묘사한다는 것은 쉽지 않으므로 영적인 도움을 필요로 한다.

이 영적인 도움을 얻기 위하여 수련은 필요한 것이며, 수련이 된 후에 사람이 있기 전의 사실들을 사실에 입각하여 기술할 수 있게 되는 것이다. 이런 기술은 마음먹는다고 되는 것이 아니며, 마음먹었다고 하더라도 주변의 환경이 또한 마음대로 되어주는 것이 아니다.

주변의 환경을 마음대로 하기 위하여는 나의 어떤 부분을 양보하여 더욱 큰 것을 얻어 낼 수 있어야 하며, 이 양보거리는 바로 내가 가지고 있는 것 중의 하나가 되어야 하는 것이다.

이 양보하여야 할 거리 중의 하나는 바로 나의 기술이다. 이 기술을 양보함으로써 천 배, 만 배 큰 것을 얻어 낼 수 있어야 하며, 이런 경우 목표로 한 것을 획득하기 위하여 큰 노력 없이 성공에 다가가는 길이 되는 것이다.

성공에 다가가는 길은 반드시 한 방향의 노력만이 아닌 까닭이다. 김金은 이 시점에서 가까이 해야 할 사람이다. 이쪽에서 한 개를 양보하면 두 개, 세 개 내놓을 수 있는 사람이니, 아깝다는 생각을 하지 않는 것으로 보인다면 더욱 많은 것을 얻어 낼 수 있을 것이다.

얻어 낼 수 있는 것을 얻어 내는 것은 당연한 것 같아도, 그 당연한 일을 제대로 하는 사람이야말로 진정 가능성이 있는 사람인 것이다. 하나를 버려 두 개를 얻는다면 진정 기쁘게 버릴 수 있어야 하는 것이니라. 필요한 사람이다.

137

인간의 일은 수련

사람은 사람의 일을 하고 살아야 한다. 사람의 일이라 함은 동식물과 구별되어야 함은 물론 인간답지 못한 인간과도 구별되어야 함을 말하는 것이다. 사람도 다 사람이 아니고 신급의 인간과 인간급 인간, 동물급 인간, 식물급 인간으로 구별되어 있으니, 외양은 사람이라도 하는 일이 사람이 아닌 경우가 있음이다.

사람도 모두 사람이 아니고 각 등급으로 구별이 되니, 사람이라면 사람에 가까운 사람의 일을 하고 살아야 사람이라고 할 수 있는 까닭이다. 인간으로 태어난 이상 신과 동등한 위치에 오를 수 있도록 노력하는 것이 또한 인간의 일이라고 할 수 있다.

현재의 자신보다 한 등급 상향으로 조정될 수 있는 노력이 필요하며, 이 노력은 수련으로 천지간의 이치를 앎으로써 가능한 것이다. 이치는 하나이며, 이 하나는 원리이기도 하고, 법이기도 하며, 도리이기도 한 것이다. 인간은 인간의 일을 하고 살아야 한다. 곧 수련이다.

138

인연

보다 큰 앎은 보다 작은 것에 관한 것이다. 보다 작은 것이라 함은 아주 작은 본질적인 부분에서 모든 것이 시작된다는 뜻이다. 이 작은 것은 바로 사람의 마음이다.

사람의 마음에 어떤 결과를 가져오는 모든 것들은 아주 사소한 동기에서 비롯되는 것이며, 그 사소한 동기가 차차 커지고 단련되어 후에는 전 지구를 덮을 수 있는 자취가 남게 되는 것이다.

이런 보다 작은 거리를 이끌어 내어 키우고 다독이는 모든 것이 너무나 사소한 동기에서 비롯되는 것이다. 이 아주 사소한 동기는 바로 인연이다. 이 인연 역시 작은 것에서 비롯되는 것이며, 작은 것에서 커 나갈 수 있는 가능성을 발견할 수 있으면 모든 것을 이룩할 수 있는 가능성을 본 것이다.

사람은 모두 똑같으나 본질적인 부분에 관한 한, 이 사소한 싹을 보는 눈이 있고 없고에 따라 각覺과 미각未覺, 불각不覺이 차이 나게 되는 것이다.

주변의 모든 것들이 다 내가 깨고 나가는 데 도움이 될 수 있는 교재들이다. 어디에도 도의 문은 열려 있는 것이며 어디에도 깨침의 가능성은 있는 것이다.

알겠습니다.

139

두려움은 약

각자覺者에게는 두려운 것이 없다. 각자에게는 오직 개척해야 할 일만 있는 것이다. 깨달은 것을 남에게 알리고 실천하도록 하기 위하여 노력해야 할 일만 남아 있을 뿐, 두려움은 있을 수 없는 것이다.

큰 두려움이 아니라 아주 작은 것에서도 두려움이 없어야 한다. 두려움은 수련에 있어 가장 큰 적이며 걸림돌이기도 한 것이다. 두려움이 있는 한 수련은 진전되지 않으며 알아온 것이 펴지지도 않는 것이다.

전체적인 과정에서 어려움은 있을 수 있으나 대상의 모든 것이 극복해야 할 것들이므로 두렵다고 생각해서는 안 되는 것이다.

수련 과정에서 두려움이 극복되는 날에야 새로운 단계에 진입하게 된다.

수련 단계는 건너뛰기도 하고 차차 건너가기도 하는바, 이 두려움은 다음 단계로 넘어가기 위한 징검다리와도 같은 것이다. 또한 수련이 진전되고 있다는 표시이기도 한 것이니, 즐거이 맞아 넘기도록 하면 많은 도움이 되고 오히려 이용할 수 있을 것이니라.

알겠습니다.

두려움도 약이니라.

 140

진리는 내 안에 있다

참진리는 모두 내 안에 있다. 나에게서 발견되는 일을 게을리 하지 않으면 모두 발견되는 것이다. 나에게서 발견하지 못하면 어디에서도 발견할 수 없는 것이며, 모두 나에게서 발견이 가능한 것이다.

참이란 바르고 곧은 원리로서 어느 것에도 굽힘이 없는 것이며, 어디에서도 항상 바로 서는 것이다. 이 바로 선다 함은 어느 곳에서나 돋보이는 것이며, 언제고 그 뜻이 왜곡될 수 없는 것이다.

모든 진리는 이 참이 없을 때 그 빛을 잃는 것이며, 진리에서 참이 빠지면 자체의 존재 가치가 없게 되는 것이다. 참은 진리의 영적 부분이며 진리는 외부적 표현에 불과한 것이기 때문이다.

어떤 것도 일정 기간 정正의 방향으로 움직이면 진리가 되나, 인정을 받는 것은 참에 의해서이다. 모든 참은 나에게서 발견되는 것이며 나에게서 생성되는 것이니라.

141

생명이 있을 때 거두라

모든 일은 생명의 기간에 끝내야 함을 원칙으로 한다. 생명의 기간은 제반 물체에 영향을 미칠 수 있는 기간이요, 자신의 발전을 위해 노력할 수 있는 기간이다.

명命 중에서 생명은 극히 일정 기간에만 해당되는 것이요, 언제나 해당되는 것이 아니기 때문이다. 이 생명의 기간에 어느 한 가지라도 일(사명, 소명)이 있음은 너무나 크나큰 영광으로 알아야 한다. 일이란 그 일을 할 수 있는 정도의 수련이 쌓인 상태에서 내려오는 것이요, 그 이하는 주체보다는 객체에 속하게 되기 때문이다.

인간은 그 자체로서 모든 조건을 갖추고 있으나 사후에는 생명이 없음으로 인하여 할 수 없는 일이 대부분이다. 할 수 없다 함은 자신이 주체가 되어 움직일 수 없다는 뜻이다.

단순한 영적 움직임만으로 인류에게 전달할 수 없는 메시지가 대부분이므로, 물적 움직임이 있어야 하는바, 이 물적 움직임은 생의 세계에서 가능한 것이기 때문이다.

142

본질과 변수

오늘 당장 무엇이 이루어질 것이라고 생각하는 것은 오산이다. 아무것도 갑자기 이루어진 것은 없으며 어느 것도 갑자기 없어지는 것은 아니기 때문이다.

이 세상의 모든 일은 원인과 결과가 분명한 것이며, 이 중에 과정 또한 분명한 것이다. 선명치 못한 원인과 과정과 결과는 변수를 유발하는 것이며, 이 변수는 생각지 못했던 다른 원인을 초래하므로 또 다른 변수의 원인이 되는 것이다.

변수는 정도正道의 진행에 가장 큰 걸림돌이다. 변수를 피할 수 있는 안목이야말로 진정 자신의 길을 찾아갈 수 있도록 해주며, 이 세상의 모든 현상을 보는 눈을 길러주는 것이다. 변수와 본질은 겉모습은 같아도 그 뿌리가 있고 없고에 따라 차이가 있으며, 근본이 있고 없고에 따라 또한 차이가 있다. 모든 현상에서 변수를 구별하기 위하여는 마음이 가라앉아 있을 것을 필요로 하며, 마음이 가라앉아 있는 한 변수에 구애될 필요가 없느니라. 본질이 중요하다.

143

인간과 인류

앞으로의 인류의 미래는 썩 낙관적인 것은 아니다. 이제껏 해온 일이 그렇고, 대처하는 방식이 그랬으니, 더 나아진다는 것을 바라기는 어려운 상황인 것이다.

특별히 비극적인 것은 아니며 이제껏 인류가 받아오고 겪어왔던 정도의 고난일 것이다. 힘겹기는 예전과 다를 것이다. 인류의 인내심의 한계가 점차 줄어들고 있으므로 인류가 버틸 수 있는 양이 적어지고 있기 때문이다.

인류는 말 그대로 인간의 종류를 모두 포함하며, 지구상에 있는 인간의 종류는 수십만 종이다. 이 수십만 종 중 참으로 인간의 종이라고 할 수 있는 종은 수십 종에 불과하다.

나머지는 모두 인류인 것이다. 그래도 수련의 언저리에서 본 바닥을 찾고자 생각해본 사람은 인간이며, 기타는 모두 구색을 맞추기 위해 배열된 인류일 뿐이다. 인류는 인간에 가장 가까우므로 이들이 진화하여 인간이 되는 것이다. 참인간은 신과 동격인 것이다.

144

몸이 허해지는 것

몸이 허해지는 것은 어째서인지요?

사람으로 있는 동안 인간은 몸을 유지하기 위하여 많은 노력을 하여야 한다. 이 노력 중 식食이 첫째요, 동動이 둘째니라. 특히 수련생의 경우 이 식과 동의 부조화로 건강을 해치는 경우가 있다.

호흡은 기의 조절이나 영적인 깨달음이 오도록 가라앉혀 주는 역할이므로, 운동을 병행하지 않으면 체력이 소모되는 것이다. 인간은 자신의 몸을 유지하기 위해 식과 동에 이어 또 하나 기의 운용을 한다.

기 운용은 초보자가 아무렇게나 할 수 있는 것은 아니요, 깊이 배움이 있고 나서 할 일인바, 섣불리 할 일은 아닌 것이다. 생각은 그 자체가 에너지이며 몸의 유지에 도움을 주며, 생각이 없으면 건강은 악화되고 만다.

격정도 혈액 순환에 도움이 되는 것이다. 호흡이 100%가 되면 호흡만으로 가하나 100%짜리 호흡을 못하므로 보충 수단이 필요한 것이다. 운동과 기타 방법을 동원하여 몸을 돌보며 가도록 해라. 아직은 호흡에만 의존하는 경지는 아닌 것이다.

알겠습니다.

145

사랑니, 편도선, 맹장

사랑니, 편도선, 맹장 등은 인체와 어떤 관계인지요?

인체에는 반드시 필요한 부분과 그렇지 않은 부분이 함께 존재한다. 오장 육부와 사지, 머리는 반드시 있어야 할 기본 골격이며, 기타 부분은 보조적인 부분이다.

주가 되는 부분은 직접 기능하는 부분이며, 보조적인 부분은 이를 보충해주는 역할을 하고 있는 것으로서, 보충 역할이 빠지면 주된 부위에서 이를 감당하게 되어 있다.

이가 없으면 위에서 그 역할을 감당하는 것 등이며, 주된 부분의 어느 한편에서 부족함이 생긴다면 타 부분에서 보충이 되도록 되어 있다. 허나 100% 원활하게는 안 되고 각각 자신의 범위 내에서 실시되므로 완벽해지지는 않는 것이다.

없으면 타 기능으로 보충이 된다. 인체는 각각 오장 육부와 경락으로 연결되어 있어 어느 경락이고 빠뜨리는 부분이 없이 모두 통과하고 있으나, 중간에 어느 한 부분이 없어지면 건너뛰어 연결이 된다.

다만 조절이 안 되는 점이 있으나 생활에는 불편이 없고 운동 등으로 보충이 가능하다. 실생활이나 수련에 도움이 되는 쪽이라면 오히려 전화위복이 될 것이다.

알았습니다.

146

독립 운동가 홍범도

홍범도는 어떤 인물이었는지요?

나라를 사랑했던 사람이다. 방법이나 행동에서 상당히 무리가 있었으나 나라를 사랑했던 충절만큼은 누구 못지않은 사람이었다. 본래 배운 바 없어 행동이 거칠고 상당히 막무가내인 점이 있었으나 점차 다듬어졌고, 모든 면에서 자신의 뜻을 관철시키려 하였으나 80% 선에서 끝났다.

일면 상당히 행복한 사람이었으며 많이 사랑을 받기도 하였으나, 그 점 때문에 많은 사람이 떠나기도 하였다. 사람을 다룸에 술수보다는 솔직 담백한 화법을 사용하므로 사람들이 따르면서도 속으로는 무식하다는 생각을 하였다.

전투 능력은 평소 익혀왔던 지리적인 이점을 최대한 이용할 줄 아는 능력이 타고난 바 있었으며, 그 타고난 자신의 능력을 최대한 발휘했다. 당시의 전투는 지리적인 이점이 80% 관건이었던 만큼 유리한 장소만 선점하면 반 이상은 이긴 것이나 다름없었다. 홍범도의 경우 여기에 본인의 용맹이 합세하여 많은 승리를 가능케 하였던 것이다.

인물이었으나 독립군으로서 총대장감은 아니고 유능한 장수 밑에서 선봉장으로 뛰었으면 좋을 재목이었다. 본인의 능력은 본인도 모르고 다른 사람도 몰랐으나 동료 장군 중 1, 2명은 감으로 알고 있는 정도였다.

전투는 기의 움직임이며 이 기의 움직임을 빨리 파악하는 사람이 상당히 유리하게 되어 있다. 이 면에서 홍범도는 상당히 육감이 발달하였으며, 이 육감의 발달은 그가 배운 바 없이 순수하였기에 가능했다.

지형은 기를 쏟아 붓는 그릇이며 이런 점에서 홍은 감각이 발달했으므로 전투에서 이길 수 있었던 것이다. 홍범도는 인물이다. 한번 자국을 찾아보면 좋은 결과가 될 것이다.

다소 자료가 부족하더라도 부족한 대로 그려보면 도움이 될 것이다. 다큐멘터리는 정직이 생명이다. 최선을 다해 사실에 접근해보도록 해라.

알겠습니다.

자신을 확인할 좋은 기회니라.

147

땅만 보는 인간

하늘은 인간을 속이지 않는다. 인간이 하늘을 속이는 것이다. 인간이 하늘을 속이므로 벌을 초래하게 되는 것이다. 인간은 항상 땅만 보고 다니므로 땅이 전부인 줄 알고 있으나, 사실은 땅은 하늘의 일부로서 하늘의 뜻에 따르는 일부에 불과한 것이다.

당장 발을 디디는 것이 땅이므로 앞을 내려다보기 바쁘나 사실은 하늘을 보고 살아야 하는 것이다. 하늘을 보고 삶으로써 겸손하고 자신을 돌아보는 생활을 하여야 하는 것이다.

땅만 보는 인간은 서로 다투며 자신만 알고 좁은 세계 속에서 살아갈 수밖에 없는 것이며, 하늘을 아는 순간부터 보다 폭넓은 우주와의 관계가 시작되는 것이다. 대인 관계가 아닌 대우주 관계가 되는 것이다. 대인 관계는 대우주 관계의 극히 일부로서 대우주 관계에 통하면 대인 관계의 기본을 알게 되는 것이며, 그로 인해 평안한 심리 상태를 유지할 수 있게 되는 것이다. 대우주(하늘) 관계에 노력토록 해라. 개안의 첩경이니라.

148

기는 맑아야

하늘은 사람을 속이지 않는다. 속이고 싶어도 속일 수가 없는 것이다. 사람이 하늘을 보는 즉시 표정이 나타나므로 속이는 것이 불가능한 것이다. 그러나 사람은 하늘을 속일 수 있다.

마음먹은 바가 겉으로 드러나지 않으므로 하늘을 속일 수 있는 것이다. 그러나 행동은 속일 수 없다. 마음에 있어서이든 마음에 없든, 행동으로 나타나는 것은 속일 수 없는 것이다.

대개의 범인들은 기를 알지 못함으로 인하여 마음이 표정으로 나타나게 되어 있다. 허나 기 수련을 하면 기운이 밖으로 나타나게 되어 있다. 이 기 수련은 속俗에서는 타인과 동일하게 보일지 모르나, 천상계에서 볼 때는 선명한 색깔로 나타나므로 선택의 기준이 되는 것이다.

이 선택의 기준은 선명도이다. 선명함의 정도에 의해 선택이 되는 것이다. 매사를 투명하게 처리하면 맑아지게 되어 있다. 맑음은 곧 본성의 맑음인 것이니라. 맑아질 필요가 있느니라.

149

최선을 다해라

사람의 일이란 종종 알 수 없는 경우가 있다. 안 될 듯싶던 것이 되고, 될 것 같던 일이 안 되는 일이 생기는 것이다. 모두 변수가 영향을 미친 결과이다. 일에는 긍정적인 변수와 부정적인 변수가 있다.

긍정적인 변수는 본인의 일에 도움을 주는 지원 '파워'요, 부정적인 변수는 그르치거나 중간에 힘이 빠지게 만드는 경우이다. 긍정적인 변수는 본인이 사력을 다해 노력할 때 발생한다. 사력이란 최선을 다한다는 뜻이다.

이 경우 본인의 힘 외에 추가되는 힘이 발생하는바, 본인의 역량을 초과한 힘이 발생하게 되는 것이다. 이런 힘을 항상 유도해낼 수는 없다. 일정 시점에 일정 구간에 가능한 것이다.

사람의 일에서 가장 많은 변수는 최선을 다하는 사람들간에 발생하며, 이 최선은 항상 사람의 일생을 아름답게 만든다. 최선을 다한다 함은 그 자체가 아름답다. 최선을 다해라. 하늘이 안다.

150

스스로 돕는 자

기회는 쉽게 오지 않으며 하늘은 스스로 돕는 자를 돕는다. 인간은 자신이 알아서 할 뿐이나 하늘이 돕는 것이다. 하늘은 또 하나의 자신이나 또한 자신과의 거리가 멀면 남이기도 한 것이다.

어쨌든 자신이 자신을 돕는 방법은 수련으로 가능한 것이며, 자신과의 만남으로 가능한 것이다. 하늘이 있고 인간이 있었으나 인간이 스스로 하늘이 자신이라는 것을 깨우침으로, 자신이 하늘이 되어 다시 자신을 돕는 순환이 발생되는 것이다.

하늘은 절대 자신을 믿는 사람을 버리는 법이 없다. 인간이 자신을 버리는 것이다. 인간이 자신을 버리면 하늘도 구제할 방법이 없다. 하늘은 스스로 자신을 알고 열심히 생활하는 인간을 자신의 품에 안아 다스리고 키워 하늘의 용도에 맞게 가꾸는 것이다.

스스로 돕는다 함은 어느 일에나 최선을 다한다는 뜻이며 이 최선이 결국 세상을 밝히는 등불이 되는 것이다. 하늘은 열심히 생활하는 사람에게 결코 멀리 있지 않다. 항상 바로 옆에서 살피고 키우며 함께 있는 것이다. 최선은 지상 최고의 가치인 것이다.

알겠습니다.

마지막 순간까지 최선을 다해라.

그리하도록 하겠습니다.

장하다. 어느 것이나 열심히 하는 것, 그것이 자신을 스스로 돕는 가장 가까운 길이니라.

151

불가능은 없다 2

사람이 하는 일은 거의 사람이 조종할 수 있다. 사람이 할 수 없는 일은 할 수 없다고 생각하는 일뿐이다.

사람은 자신의 의지가 있고 그 의지는 하늘을 감동시키는 경우가 있어, 거의 모든 것이 뜻대로 갈 수 있게 되어 있다. 인간이 터무니없는 욕심을 부리지 않는 한, 그리고 자신의 목적한바 내에서 취하려고 하는 한, 성공은 가능한 것이다.

세상에 존재하는 모든 것에는 존재하는 변수가 있는바, 이 변수 활용에 능하면 자신이 원하는 바를 성취할 수 있는 것이다. 자신이 원하는 바는 진심으로 마음으로 원하는 것이어야 한다. 원하는 부분에 대한 충분한 검증으로 실현 가능성을 인정받아야 한다. 인정할 수 있는 주체는 자신이다.

확신이 있는 한 가능성의 범위는 상당히 넓어진다. 범위의 확장은 수련 정도에 따라 자신이 욕심 부릴 수 있는 한도까지 가는 경우도 있다. 곧 수련에 대한 욕심은 현실에서 지속적으로 나타나는 것이니라. 알겠느냐?

알겠습니다.

욕심은 절대 무리하지 않되 최선을 다하는 것이어야 하느니라.

그리하도록 하겠습니다.

152
각覺은 의지의 결정체

인간의 의지는 태산을 움직이는 경우도 있으나, 자신이 할 수 있다고 생각하면 할 수 있는 것이요, 할 수 없다고 생각하면 할 수 없는 것이다. 자신이 할 수 없다고 생각함에도 되는 일은 없다.

된다면 그것은 타인의 뜻인 것이다. 인간은 의지로 인하여 이 세상에 빛이 됨으로써 귀감이 된다. 스스로 발광發光을 함으로 빛이 되는 일은 자신의 의지로 가능한 일이다.

자신의 의지가 있고 그 의지가 강화되며 강화된 의지가 광화光化하는 것이다. 광화는 깨달음의 표시이며 의지의 훈장인 것이다. 극단적인 여러 번의 고비를 넘긴 후에 각覺이 오는 것이지 고비를 넘기지 않고 각이 오는 경우는 없다.

각은 의지의 결정체인 것이다. 의지는 인내의 결정체이며 인내는 한순간 한순간을 참고 넘김에 있다.

참되 바른 참음이어야 하는 것이다. 정인正忍은 각자의 필수 조건이며, 정인으로 이루어 내지 못할 것은 아무것도 없느니라. 정인이다. 정인이니라.

알겠습니다.

정인으로 일관하도록 해라.

그리하도록 하겠습니다.

153

인간의 일은 하늘에 등록된다

인간이 하는 모든 일은 하늘에 등록이 된다. 그냥 등록이 되는 것이 아니라 분석되고 검토되며 자료로서 보관되는 것이다. 인간은 자체 내에 신성이 있어 인간의 본성 중에서 가장 성스러운 부분을 차지하고 있다.

이 신성은 인간을 가장 깊게도 하고, 넓게도 하며, 높게도 하고, 고상하게도 한다. 인간의 이 신성은 인간만이 가지고 있는 것으로서 신의 신성과 구별되는 것이며, 상당히 많은 일을 할 수 있는 것이기도 하다.

하늘은 모든 면에서 공평하며 어느 인간에게는 신성을 주고 어느 인간에게는 신성을 주지 않는 것은 아니나, 인간이 자신의 노정에 발전을 서두르지 않으므로 신성이 녹슬고 해져서 빛을 발휘하지 못할 뿐 아니라 자체로서도 존재하기가 어려운 경우도 생기는 것이다.

신성은 연마하면 할수록 빛이 나는 것이며, 인간으로 있을 때 이 신성을 밝히고자 노력하는 자만이 자발自發을 할 수 있느니라.

알겠습니다.

인류에게 빛이 될 수 있도록 하라.

그리하도록 하겠습니다.

154

남의 탓이 없다

사람은 모두 자신이 해온 결과에 따라 나가게 된다. 즉 지금까지 해온 것들을 돌려받으며 살게 되는 것이다. 나의 결과는 내가 돌려받는 것이지 다른 사람이 받는 것이 아니다.

이렇게 내가 한 일에 대하여 그 결과를 내가 책임지는 것을 업이라고 한다. 업은 철저한 자기 책임주의요, 타인에 의해 내 영역이 침범당하지 않는다는 약속인 것이다.

따라서 사람은 자신의 일을 소신껏 추진할 수가 있으며, 자신이 이루어 낸 일의 결과에 대하여 겸허하게 받아들일 수가 있는 것이다. 자신의 일은 모두 자신에게서 시작되며 자신에게로 돌아오고, 이 흐름은 막을 수도 피할 수도 없는 것이다.

이 세상의 이치는 허술한 것 같아도 전혀 허술하지가 않아 한 치의 빈틈도 없는 것이다. 설령 남의 일의 결과를 내가 돌려받는 것 같은 생각이 들지라도, 다시 돌아보면 원인이 자신에게 있음을 알게 될 것이다.

작든 크든 1%의 원인이든 99%의 원인이든 내게서 원인이 시작되고 있음을 알게 될 것이다. 내 책임을 알고부터 인간은 사람이 되어가는 것이다.

알겠습니다.

남의 탓이 없다.

 155

고비는 승패의 갈림길

항상 인간에게는 고비가 있다. 어떤 면에서나 고비가 있으며, 이 고비에서 인간은 승패의 갈림길에 서게 된다. 승패의 갈림길에 서는 것이 중요한 것이 아니라, 승패 이후의 태도에 따라 진정한 승자와 패자가 구분된다는 것이다.

인생은 일회적이 아니며 장거리 경주의 연속이므로 한두 번의 승패가 결정적이지 않으며, 반드시 뒤에 복구 가능한 시점이 도래하게 되는 것이다. 이 시점을 맞이하는 자세에 따라 인생은 변화무쌍한 길을 걸어가게 되는 것이다.

인간의 마음이 공부를 하게 되는 것은 이런 고비에 이르렀을 때이다. 이런 급박한 순간에 현명한 판단을 할 수 있는 방법은 항상 자신의 중심을 잡고 마음이 요동하지 않도록 하는 것인데, 가장 해로운 것은 가장 이로운 모습으로 다가온다는 것을 명심하여야 할 것이다.

이 고비는 다양한 형태로 온다. 자신에게 직접 오기도 하고, 주변 사람을 통하여 오기도 하며, 일 속에서 나타나 보이기도 한다. 고비 즉 마음이 힘들 때 판단을 그르치지 않음이 수련의 또 하나의 목적이기도 한 것이니라.

알겠습니다.

156

심호흡 10회

사람에게는 언제나 일이 있다. 이 일은 어떤 사람에게는 있고 어떤 사람에게는 없는 그런 일이 아닌 누구에게나 있는 일인 것이다. 이 일은 이 일을 통하여 모든 것을 하나로 만들 수도 있고, 모든 것을 공평하게도 하며, 모든 것을 가장 편하게도 하고, 모든 것을 가장 성숙되게도 하는 것이니 바로 호흡인 것이다.

평소 가슴을 펴고 심호흡을 한 번 해보아도 머릿속이 맑아지는 느낌이 들었을 것이다. 심호흡은 보통 호흡의 2, 3배의 산소 흡수 능력이 있으며 단전호흡은 5, 6배의 산소 흡수 능력이 있다.

단전호흡은 기운으로 따지면 100배까지도 차이가 나는 경우가 있으니, 힘이 빠질 때는 깊게 호흡을 함으로써 금방 진정되고 벗어날 수 있는 것이니라. 호흡은 만물에 통하고 만물에 소생할 힘을 주며 만물을 평안하게 하는 것이니라. 걱정이 있을 때, 걱정을 덜어내기 위한 호흡은 보통 때의 심호흡 10여 회로 마음을 가라앉힌 후 단전호흡을 하는 것이니라.

157

어려움의 생활화

모든 상황이 항상 유리한 것은 아니다. 대개의 가르침은 불리한 상황에서 타개해 나갈 때 나타나게 되며, 유리한 상황에서 나타나는 것은 일부인 것이다.

모든 인간들이 평소 깨침에 들지 못하고 어떤 동기에 배움을 쌓아 그 결과로 깨침에 들게 되는바, 이 작은 평소 생활에서 그 동기를 만들지 못하면 계속하여 깨침을 촉구하는 움직임이 자신의 주변에서 찾아오도록 되어 있다.

수련 좀 한다고 해서 자신의 일이 순탄하게 풀리기보다는 그 반대의 현상이 나타나는 것이다. 수련으로 해결해야 할 일은 오직 수련이며, 수련 이외의 것은 모두 수련을 돕기 위한 보조 역할을 담당하게 되는 것이다.

주제인 수련을 위하여 나머지 모든 것들은 동기 유발과 과정에서의 가속을 위한 자극, 고비에서의 채찍과 같은 역할을 하게 되는 것이다. 생활에서의 요구라고 생각되는 것들이 사실은 생각할 기회임을 알도록 하라. 타개 방법을 찾는 것이 곧 깨달음이니라.

알겠습니다.

평소 어려움이 생활화가 되어야 한다.

그리하도록 하겠습니다.

 158

동양과 서양

사람의 일생이란 모두 같은 것은 아니다. 이런 경우도 있고, 저런 경우도 있어 현재의 동일한 결과에도 불구하고 출발점이나 지나온 과정이 다르다. 다른 경로로 왔음은 현재의 경유지에도 불구하고 지향하는 목적지가 또한 다름을 말한다.

사람들의 삶은 끝없는 광장에 깔려 있는 보도블록과 같아서, 비슷한 것 같아도 동일한 것은 하나도 없으며, 위치상으로도 같은 자리에 이중으로 설치된 경우는 없는 것이다.

이와 같이 사람이란 자신이 해왔고 앞으로도 해야 할 일이 다르며, 자신의 입장에서 상대방을 보는 것은 일면 타당한 점이 있으되 전적으로 수용할 수 있는 것은 아니며, 수용한다고 하더라도 객관적으로 판단하여 받아들이면 되는 것이다.

동양과 서양이 서로 반대되는 사고방식을 가지게 된 것은, 비교하는 가운데 중도에 더욱 넓고 평안한 길이 있음을 가르쳐주기 위한 것이기도 하니라. 모두 같은 이치이다.

159

자신을 심판하는 것

국민을 심판하는 것은 국민이다. 자신을 심판하는 것은 자신이다. 언제나 자신은 자신을 심판하는 주체이자 객체인 것이다. 자신은 자신만이 심판할 수 있으며 자신만이 교정이 가능하다.

자신의 삶은 자신에 의해 이끌어져 오고 있으며 자신에 의해서만이 발전이 가능한 것이다. 인간의 삶(인생)은 언제나 평탄치는 않으며 오르막은 힘겹기는 하되 자신을 발전시킬 수 있는 동기를 제공하기도 한다.

매사에 일에 대한 집념 또한 자신을 향상시킴에 결정적인 역할을 하는 경우가 있으며, 어떤 특정 분야에 대한 상당한 성의 또한 많은 발전을 가져온다. 자신을 이끌어 가는 길은 한 가지일 수는 없으며 여러 가지가 있되, 이 수련은 가장 보편타당한 가운데 가치 있는 것을 찾아 본인을 인도하고 지원하며 목적 달성이 가능하도록 한다. 인간은 그 자체로서 완성 가능성이 가장 높으므로 노력 여하에 따라 완성이 될 수 있느니라. 완성은 금생의 필수 목표니라.

160

'나'는 전지전능하다

참선생은 자신이다. 자신에 관한 모든 것을 가장 잘 알아서 판단하고 대처할 수 있으며, 또한 자신에 대한 어느 것도 파악이 가능하기 때문이다. 나 이외의 어떤 대안도 나보다 나을 수는 없으며 나보다 잘해낼 수는 없다.

나는 나에 관한 한 전지전능하며 어떤 조치도 가능한 것이다. 나는 나이자 신이며 또한 우주이고 모두인 것이다. 나는 전인으로서의 가능성이 누구보다도 월등하며 누구보다도 능력이 있는 것이다.

한때 실수가 있더라도 나는 모두 시정이 가능하며, 그 시정의 결과를 다시 내게로 구속시킬 수 있는 것이다. 나를 떠나서는 모든 것이 소용없으며 나를 알지 않고는 모든 것이 모르는 것과 동일한 것이다.

나의 실체 파악은 수련의 첫 번째 관문이다. 내가 있고 타가 있으며 타가 있어 다시 내가 조명된다. 나는 우주 유일의 자아인 것이다. 모든 것은 나로부터 출발하는 것이다.

차례

1권 • 본성과의 만남 전후

2권 • 본성과의 만남 전후

3권 • 본성과의 만남 전후

4권 • 본성과의 만남 전후

수련원 개원 이후